我是奶爸

赵　鹏◎著

吉林文史出版社

图书在版编目（CIP）数据

我是奶爸 / 赵鹏著 . — 长春：吉林文史出版社，
2019.6

ISBN 978-7-5472-6247-4

Ⅰ . ①我… Ⅱ . ①赵… Ⅲ . ①散文集 – 中国 – 当代
Ⅳ . ① I267

中国版本图书馆 CIP 数据核字（2019）第 117605 号

我是奶爸
WO SHI NAIBA

著　　者 / 赵鹏
策划编辑 / 周维萍
责任编辑 / 王明智
封面设计 / 知库
出版发行 / 吉林文史出版社
地　　址 / 长春市福祉大路出版集团 A 座　　　邮　　编 /130118
网　　址 / www.jlws.com.cn
电　　话 / 0431–81629375
印　　刷 / 天津雅泽印刷有限公司
开　　本 / 880mm×1230mm　　　　　　　　32 开
字　　数 / 113 千
印　　张 / 7.75
版　　次 / 2019 年 8 月第 1 版　　　　　2019 年 8 月第 1 次印刷
书　　号 / ISBN 978-7-5472-6247-4
定　　价 / 39.80 元

序

当昔日同事赵鹏邀请我为他的新书散文集《我是奶爸》作序时，我心里立即勾勒出一幅幅关于爸爸日常陪伴孩子的温馨画面。

作为一位常年跟幼儿与家长打交道的幼教工作者，关于爸爸陪伴孩子，给孩子和爸爸以及家庭乃至整个社会所带来益处的理论早已烂熟于心。带着上述已有认识，当我正式阅读这一个个小故事时，才意外地发现我的预设那么苍白无力。因为这些小故事描述的不仅仅是父子间日常温馨的小片段，更寄托着一个爸爸对儿子朴素而又高贵的希望。爸爸谆谆教诲，言传身教，从衣食住行到礼仪乃至死亡，事无巨细，无所不谈，对儿子树立健全人格事半功倍。

忘我地沉浸在赵鹏与他儿子的世界里——两个看似

我是奶爸

相同却完全不同的世界，我如被春风拂面，如被春雨滋润，被那或朴素如瓦砾或华丽如珠玉的文字所吸引。朴素华丽的文字不失哲理，又很幽默，让我不禁回想起自己的童年时光。童年，我在乡下奶奶家度过了一段物质贫乏却简单快乐的日子，至今难忘。如今，想想自己多是为了提高业务水平而读书，为了了解新资讯而学习，有多久没有为了滋润自己的心田而读纯文学了！但此时我感到很幸运与幸福，因为能够借由这个机会参观欣赏到一个爸爸用文字为他的孩子构筑的心灵家园。每个小故事都出自爸爸的一个感悟，道出了他对生活的理解，对生命的敬畏。赵森林小朋友，我无比羡慕你有这样一位爱得深沉而又严慈相加的智慧爸爸，将你的成长书写成一篇篇充满温暖和爱意的美文！

我祝愿这本书能够成为众多父母床头柜上的睡前读物，感受那温暖又不失理性的父爱，因为这本书是写给赵森林的，更是写给无数父母和孩子的……

孙　柳

海口佳宝大地国际幼儿园园长

目录 / CONTENTS

1. 二十三　/ 001

2. 我家有儿要放炮　/ 005

3. 森林的新年梦想清单　/ 009

4. 森林琐事记　/ 013

5. "森林"的悲哀　/ 015

6. 幸福的快餐店　/ 019

7. 鱼肠、肉夹馍和白酒　/ 023

8. 孩子，走稳　/ 027

9. 父子取钱记　/ 031

10. 害怕的东西　/ 035

11. 这有点儿麻烦　/ 039

12. 森林爸爸历险记　/ 043

13. 森林的玩具箱　/ 047

14. 森林的"五月"　/ 049

15. 端午的味道　/ 053

16. 餐桌沉思录　/ 059

17. 不会鲤鱼打挺的爸爸　/ 061

18. 爬山虎　/ 063

19. 乡间小路　/ 067

20. 踩水　/ 071

21. 大学餐厅的阿姨　/ 075

22. 驴与民工　/ 079

23. 森林，爸爸告诉你
　　爸爸为什么打爸爸的学生　/ 083

24. 拉屁屁　/ 087

25. 带着儿子去骑行 / 091

26. 儿子不在身边的自由 / 095

27. 孩子，愿你能戴太阳镜 / 099

28. "森林"的睡前故事 / 103

29. 不去动物园 / 105

30. 不要占便宜 / 109

31. 森林，爸爸为什么不给你买生日蛋糕 / 113

32. 森林，爸爸为什么要给你起名叫"森林" / 117

33. 察言 / 121

34. 敬畏门 / 125

35. 一双被实施"安乐死"的鞋子 / 129

36. 这是我对吃的看法 / 133

37. 床 / 137

38. 汽车的故事 / 141

39. 说谢谢 / 145

40. 孩子，这些纸你拿去用吧 / 149

41. 送你一个打火机 / 153

42. 森林的应急包 / 157

43. 人体的美 / 161

44. 笑看摇号 / 165

45. 愿你潜水书海 / 169

46. 我是老师 / 173

47. 能把简单的事情做好，坚持做好 / 179

48. 儿子，我们来聊聊"死亡"这个话题 / 183

49. 东郊的中秋节 / 189

50. 奶奶的"精明"哲学 / 193

51. 致毕业班孩子们的一封信 / 197

52. 环海南岛旅行笔记 / 201

1. 二十三

二十三通常指腊月二十三。

童年时，在乡下，经历了年味浓郁的二十三。

成年后，在城市，二十三，一边忙着跑政府办事，盼不得人民公仆大年初一都上班，方便人民办事，一边忙着赚钱谋生，盼不得这个世界上没有任何节日。

逢人还感叹：哎！现在这年没意思了，传统文化遗失殆尽……

这样的我难道不无耻吗？

二十三了，在外面务工的大人基本都回来了，会给孩子带一些在农村稀罕的玩意儿，比如双层文具盒、带有香味儿的橡皮擦和摔炮。文具盒和橡皮擦足以让孩子兴奋得希望次日就开学。但是孩子一想到自己还有摔炮，便希望天天寒假、天天过年、天天放炮，甚至认为让人睡觉的黑夜都是可怕的魔鬼，睡觉就是浪费时间。不得不睡觉时，还要把摔炮摆在枕头边，生怕弄丢一个。再厉害的孩子也有撑不住的时候，瞬间就睡着了，大人瞬间就把摔炮收走了。

不是所有的孩子都能得到这些在农村稀罕的玩意儿，因为不是所有的孩子家里都有大人在外面务工。

没有摔炮玩的孩子也能找到自己的乐子——玩猪尿泡。

八九点钟，太阳升起来了，不冷了，杀猪的村民开始杀猪了。这杀的猪是年猪，与通常红白喜事上杀的猪不一样，晚上得献灶爷，所以都集中在二十三杀。一时间，村子猪叫不绝，声声悲惨至极，先是号叫，再是喘着粗气，最后悄无声息，此起彼伏，或近或远，或东或西，或南或北。到午后，杀猪的村民开始收拾下水，很受孩子们欢迎的猪尿泡出现了。年猪家家都能杀，但不是家家都能杀得起。能杀得起年猪的掌柜的一般都年过半百或花甲，孙辈一大群，都是顽童，猪尿泡自然归他们所有。爷爷也给我们家杀过年猪，猪尿泡自然归我所有。洗干净，白花花的，不嫌油腻不嫌肮脏，直接把嘴贴上去吹大，找来绳子绑住，当气球玩，当足球玩，比气球笨重，比足球轻盈，但颇为结实。与伙伴把猪尿泡抛来抛去，踢来踢去，蹦蹦跳跳，不冷了，脸蛋儿不青了，嘴唇不紫了，暖暖和和。再怎么爱不释手的玩具，也有玩腻的时候，猪尿泡也不例外。玩腻了给爷爷，让挂在院子高处，天寒地冻，风吹雨淋，泄气了，干瘪了，像霜打的茄子，最后风干了，无人理睬，一挂就是几年，十几年，甚至几十年。

突然想回到乡下老家，带着我的孩子，生活一年，年初送他一头小猪崽，让他精心饲养，二十三了一杀。

日久生情，他可能坚决不允许杀他的猪。

2. 我家有儿要放炮

谢谢 Little Woods 的出生给我们带来做父母的艰辛与幸福！

我们很喜欢 Little Woods。在我们眼中，他那么可爱，怎么不招人喜欢呢？

Little Woods 长大了。不知道太太是否希望他长大，我反正不希望他长大，永远这么大，永远当个婴幼儿。

Little Woods 出生在年底，出生没几天，就过年了，碰到欢欢喜喜过大年的，大家要放炮。这对 Little Woods 来说，应该是一件很恐怖的事情吧。因为 Little Woods 很害怕巨响，曾经我打喷嚏的声音都把他吓哭了。

过年期间，Little Woods 的主要工作就是在襁褓中睡觉。外面有小孩放炮，零散的炮，炮一响，他有时候

我是奶爸

一动不动，有时候就浑身一颤，明显受到惊吓了。我们知道零点有人要放炮迎接新年，快到零点时，太太紧紧地把 Little Woods 抱在怀里，屏住呼吸，似乎在等待一个伟大的时刻到来。零点一到，外面果然"炮火连天"，震耳欲聋，此起彼伏，连绵不断……据说 Little Woods 睡得很安详。我在哪儿呢？我当然在外面放炮啊！

年过完了，Little Woods 偶尔还能受到炮声的惊吓。一般都是他的婴儿车行驶在某个拐角处，突然有迎亲队伍放炮。我们赶紧把 Little Woods 的耳朵捂上。

这是 Little Woods 过的第二个年。除夕，阴天，寒风阵阵，我与太太依然用婴儿车推着 Little Woods 去给他买炮，带领 Little Woods 开启他的放炮生涯。Little Woods 毕竟还小，不会放炮，当然是大人帮他放炮，他光观看，Little Woods 毕竟还小，不敢观看烈性爆竹，只买了手持烟花棒和摔炮。夜里，Little Woods 被抱到外面，好奇而又无辜地睁大眼睛，望着爸爸一会儿就放完了他的手持烟花棒，还摔了几个摔炮，就被抱回家了。

Little Woods，爸爸虽然不希望你长大，但是期待着那个向大人要钱，一要来钱就买炮，一买来炮就放，从年前放到年后的顽童出现。

愿你放炮的时候不要弄伤任何人，包括你自己，可以的话，也请不要欺负那些围观你放炮的小动物。

3. 森林的新年梦想清单

　　稍微大一点儿的孩子都喜欢过年，因为过年可以获得压岁钱。

　　还没有孩子的时候，我就与太太商量好了，等有了孩子，过年的时候不给孩子发压岁钱。太太听了我的解释之后，满口答应。

　　儿子出生了，局面失控了。我们当然不会给儿子发压岁钱，但是别人会给发，爷爷奶奶外公外婆会给发，七大姑八大姨会给发。顿时，儿子比我们还富裕。

　　现在看来，给孩子发压岁钱真的不好。稍微小一点儿的孩子，得到压岁钱，不知道钱的意义，被父母保管起来，父母就变相得到一笔收入。稍微大一点儿的孩子，对爆竹糖果再无兴趣，见家里来了亲戚，期盼着赶紧发压岁钱。亲戚给发得少了，心里还闷闷不乐，觉得亲戚小气抠门，乃至心生怨恨。等亲戚走了之后，父母赶紧盘问孩子，谁谁谁给发压岁钱没，给发了多少。金额达到乃至超过预期值时，就觉得这谁谁谁还不错；没有达到预期值时，与谁谁谁老死不相往来的心都有了。

孩子无缘无故得到一笔钱，不好；不少夫妇过年期间被压岁钱弄得焦头烂额，也不好。

有一次，在一个过年后的新学期里，我在我所教的学生里面做过一个关于压岁钱的问卷调查，最高金额的压岁钱抵得上我半年的工资了。我真羡慕那个孩子！

我们不给儿子发压岁钱并不代表我们就不给儿子发红包。红包里面装的是什么？一张"新年梦想清单"。儿子还小，当然不会自己给自己树立新年梦想，但是我们可以帮助他树立新年梦想，写在一张纸上，就弄成了"新年梦想清单"，装在红包里面，在特殊的时刻送给儿子。在新的一年里，我们努力帮助儿子实现新年梦想清单上的梦想。等儿子大点儿，可以自己给自己树立新年梦想时，我们就把这个仪式全权交给儿子主持。

压岁钱可以马上花完，但是新年梦想不会一下子就实现，而且不是所有的新年梦想都可以实现。

我们这么做的灵感源于我大学毕业后在一家幼儿园的工作经历。在那所幼儿园，我们就要求孩子们得有自己的新年梦想。

要实现梦想，首先，你得有梦想，然后将它写下来，变成梦想清单，再为之奋斗。就这样。

4. 森林琐事记

森林是我们无比挚爱的儿子。

森林在娘胎里居住了那么长时间，从来没有见过这个花花世界，也想象不来，旅居到人世间，见到任何东西都不免好奇。起初，他只能无奈地用眼睛看，眼睛尚在发育，看到的世界可能还和我们成人眼中的世界不同，只能用小手摸，摸到的范围极为有限，上抵头顶，下达脚趾，只能用嘴唇吻，判断物体温度，鉴别器物软硬。可惜时常会被大人以"脏，有屉屉"为由而限制了探索世界的能力。森林还能拿鼻子嗅，以认识不同的人。

现在，森林的脚会走路了，可以带他去他想去的任何地方。

森林所到之处，只要有抽屉，只要他力所能及，必须逐个打开，不厌其烦，像哥伦布一样好奇地兜翻着抽屉里面的东西。

森林有一次独自从抽屉里面翻弄出来一卷透明胶纸，不知道怎么搞的，把透明胶纸不小心黏在手指上面了，似乎想撕下来，一撕却黏在另外的手指上面了，估计纳闷这东西怎么这么神奇，再一撕，又黏在撕的手指上了……撕来撕去，倒来倒去，来回弄了好多回，最后不小心把透明胶纸粘在抽屉上才帮助了他。

我是听说的这个故事，遗憾地错过了目睹那时候的森林，但也跟森林创造过故事。

在亲戚家，一碟牛肉摆在橱柜上等着上桌，我抱着森林在厨房转悠，顺手捏起一片牛肉放进自己嘴里吃，被森林看到了。森林被我从厨房抱出来后，拼命地哭、拼命地闹、拼命地挣扎，要返回厨房。我以为他也要吃牛肉，就把他又抱回厨房，让他抓了一片牛肉，他却往我嘴里塞。

对森林来说，或许与亲情无关，只是在机械地模仿我的行为，但误会森林的我，在看到儿子将牛肉塞往我嘴里的那一刻，顿时感到暖暖的。

5. "森林"的悲哀

　　儿子最近不怎么翻箱倒柜了，前段时间，排山倒海地翻箱倒柜，把家中的箱箱柜柜都翻了个遍，无一漏网。听太太说，有一次带儿子去了别人家，儿子还翻人家的箱箱柜柜。我睁大眼睛仔细瞅了瞅儿子翻出来的宝贝，最古老的宝贝算是西安本地一家房地产公司几年前的宣传彩页，被我们拿来铺了几年的抽屉。如今，儿子竟然让它重见天日了。

　　我若有所思地望着儿子翻出来的宝贝，顿时觉得儿子很悲哀。

　　我是在农村土城里面的老屋厢房的炕上出生的，乡村医生接生的。我的脐带就埋在厢房的炕边。

　　土城里面的老屋是我出生和度过童年的地方。老屋是曾祖父盖的，在土城里面的一条巷子里面，典型的关中农村民居，砖木结构。坐北朝南的老屋大门口有一块一米见方还算平整的石头台阶，只知道那台阶是从祖上留传下来的，不知道是谁什么时候从哪里搬来的。大门是老旧得早已掉光了油漆的双扇笨重木门，一开一关，都会发出咯吱咯吱的响声。大门的响声都有自己的音色，大门一响，我们就知道是谁家的大门在响。大门虽然老旧，但是完好无损。门板上有粘贴过门神爷的痕迹，近百年的老屋庆祝过近百个春节，粘贴过近百幅门神爷。门扇下面是同样笨重的木制门槛。门槛右下角有一个豁口，那是留给猫的通道。把门槛卸下来平搭在两个门墩之间，脏兮兮的孩童手持一窄溜锅盔馍骑在门槛上心不在焉地吃着。这淳朴的画面应该是每一位摄影师的最爱吧，在我的童年里比比皆是，唾手可得。

门道是街道到院子的通道，堆着烧炕的柴火、摞着烧锅的煤炭、靠着干活的架子车……

厢房的山墙上凿有一个土色土香的土地堂，里面供奉着土头土脸的土地爷。听奶奶说，我们原来有一个更精致的土地爷，但被同村一个女疯子偷走了。

　　三合院，东边是与邻家的官墙，南边西边和北边被建筑包围，前后两个院子，足足有几百平方米。据说后院是曾祖父与邻居赌博赢来的。

　　就在这院老屋，童年的我随便翻出来的任何东西都比儿子现在翻出来的东西要古老得多。我从土炕旁边窗台的缝隙里面能翻出来几年前掉进去的葵花子。我在上房的木柜里能翻出来曾祖父生锈的眼镜和发霉的铜水烟枪。我还能上高沿低取下来挂在上房墙壁上几十年无人问津的一卷纸筒，小心翼翼地打开泛黄的几乎一摸就碎的纸筒看看，用毛笔密密麻麻地写满了字，有红有黑有蓝。奶奶说那是地契，让我保存好，说不准那些东西有用。我虔诚地包裹好，再上高沿低地给挂回去。遗憾的是那些东西现在已经荡然无存了。在那地契里面，我找到了一封家书，是我那当远征军的大爷写给曾祖父的，三民主义云云，想完全看懂得学习当时的历史，但是英勇抗敌的壮士对家人的无比思念之情读来感同身受。我现在还留着大爷的家书，不曾与大爷晤面，只留份念想儿。上到清朝的高祖父，下到共和国的祖父，我翻出了他们全部人的神主，在奶奶的帮助下，弄清了他们的表字谜号，弄清了他们的生辰八字，虽然没有家谱了，但是大概捋顺了家族的历史。我在后院的屋檐下翻出了鞍鞯辔头和长鞭，再逐个拿去问奶奶这是谁的。奶奶触景生情，再给我讲述祖上养牛养马的陈年往事……

地契失踪了，老屋拆了，奶奶去世了，农村在消失……

我童年在老屋翻出来的宝贝是我自信生活的强大动力。

跟我比起来，在城市商品房里面翻宝贝的儿子是悲哀的。

6.幸福的快餐店

自己是一个不怎么合群的人，经常独处，所以就有很多时间可以静静地观察。

我喜欢观察别人吃饭，目睹了无数情景，唯独有几个印象颇深，为之动容，难以忘记。

上大学的时候，有一年暑假没有回家，做假期工。清晨，背着双肩包，骑着自行车，迎着灿烂的朝阳和和煦的微风去茶店吃"老爸茶"当早餐，吃完准备离开，突然看见一对父女。爸爸陪着女儿吃早餐。父女俩面对面坐在路边一张陈旧的大圆桌旁，爸爸安静而又认真地望着女儿吃早餐。十岁左右的女儿背着书包，面前摆着一杯咖啡奶和一碟面包，小心翼翼地喝着咖啡奶吃着面包。灿烂的朝阳穿过茂盛的树冠照耀着他们，斑驳的树影在他们身上随风跳跃。沉浸在悠闲的茶店氛围中，准备离开的我红着眼圈儿欣赏了他们好久，直到他们买单后驾车离开。

大学刚毕业，我在幼儿园工作，当生活老师。总有小宝贝在早餐时间快要结束的时候才姗姗来迟，招呼过后，请小宝贝坐在餐桌旁，耐心地把早餐端给他们，然后静静地陪着他们吃早餐。他们那样平和，轻轻地拿起鸡蛋，轻轻地在桌面上磕破，不急不慢地剥下蛋皮，剥得干干净净，咬一口，细嚼慢咽；再咬一口，再细嚼慢咽……被问话时，静静地听着，鲜嫩的嘴唇一张一翕，等嘴里没有食物的时候才斯斯文文地回话，问什么，回什么。

我至今都难以忘记这种温馨和平和。

如今，我已为人之父。黄昏，用婴儿车推着咿呀学语的儿子去街道散步，稍有饿意，恰好刚走到一家快餐店门口，就顺道进去了，给自己点了一个汉堡和一杯可乐，之后和儿子在用餐区静等服务生送餐。餐被送来，我把儿子随身携带的零食小蛋酥打开摆在他面前，自己很快吃完汉堡，喝完可乐，静静地望着儿子。儿子软嫩的手指辛辛苦苦地抓起一粒小蛋酥，再摇摇晃晃地送进嘴里，匆忙吞了下去，脸上顿时爆发出可口得有些夸张的表情。我像询问老朋友一样询问儿子是否喝水，再把水瓶递到儿子嘴边看他是否饮水。他挥手推开水瓶，再竭力用手去够我放在桌面上的可乐杯。我认真地告诉儿子，他现在还小，不能喝可乐，大点儿的话就可以品尝可乐了。之后，我们就离开了快餐店。

不顾未来如何，我想在快餐店的时候自己就是天下最幸福的父亲了！谢谢我的儿子！

7. 鱼肠、肉夹馍和白酒

鱼肠、肉夹馍和白酒是三代人的饮食，是三代人的故事。

儿子的零食不多，只有几样，其中一两样我特别喜欢吃，儿子在的时候，光明正大地吃，儿子不在的时候，偷偷摸摸地吃。儿子的零食被吃完了，其实有一两样是被我吃完的。

我从不吃儿子的鱼肠，舍不得。

知道婴幼儿用品很贵，但在母婴店给儿子买鱼肠的时候，出手阔绰，一点儿都不心疼，只是觉得委屈，期待着某一天能买到我国为"她"的"花朵"生产的物美价廉的鱼肠，而不再买日本原装进口的鱼肠了。

我是奶爸

买了两包鱼肠，总共 12 根，粗细与成人拇指无异，略长于成人中指，会员优惠价是 39.80 元。不贵，真的不贵，就是我给几百名学生口干舌燥地上几节课赚来的课时费而已。

蹲下身子，看着儿子恬静地吃着鱼肠，能闻到清晰的鱼鲜味儿，但就是舍不得尝一下，哪怕一小口，看得心里乐开了花，开心得红了眼圈儿，开心得如鲠在喉。一个父亲不坑蒙拐骗，老老实实地通过劳动赚钱给儿子买进口鱼肠吃，恐怕再没有比这更令人踏实的事情了吧，恐怕再没有比这更令人幸福的事情了吧。

我让我想起了我的爷爷。

我的爷爷已经病逝有二十来年了。

爷爷只要赶集，必定带我，把我载在自行车前面的儿童座椅里面，就像我现在把我儿子载在自行车前面的儿童座椅里面一样。

只要赶集，爷爷一定给我买肉夹馍吃。我只记得小贩的猪肉炖得油而不腻，烂而不黏，酥而不扎，汤汁十里飘香。肉夹馍的白吉饼是拿火烤出来的，有着浓郁的麦香味儿，外脆里酥。我和爷爷蹲在小贩的大火炉旁边。我津津有味地吃着肉夹馍，爷爷在旁边认真地看着，就像我现在认真地看着我的儿子吃鱼肠一样。

长大了，我听说，当时有村民赶集发现爷爷看着我吃肉夹馍，馋得直咽口水，就劝爷爷也买个肉夹馍吃。爷爷挥挥手，说自己牙齿咬不下。

童年时，货郎经常来村子里卖一种拿玉米做的糖，我们叫节节糖。节节糖除了可以拿钱买之外，还可以拿酒瓶子换。我当时特别喜欢吃节节糖，但是没有钱买，就只能拿酒瓶子换，听到货郎的拨浪鼓一响，撒腿跑回家，爬上桌子，打开壁柜，取出爷爷的子女或亲朋好友送给爷爷的太白酒，偷偷地溜到后院的粪堆旁边，咕咚咕咚把酒瓶子里面的白酒倒得干干净净，再把酒瓶子藏在衣服里面悄悄地拿出去换节节糖吃，不担心被爷爷发现，只祈祷酒瓶子瓶口上没有缺口——因为那货郎检查得仔细。爷爷发现时，木已成舟、米已成炊，拿我无可奈何。

爷爷喝酒，但是我没有爷爷在村民的红白喜事上吆五喝六地划拳喝酒的记忆，只记得爷爷吃饭后或上地前，走到桌子旁边，稳稳地拉开壁柜，轻轻地取出太白酒和酒盅儿，小心翼翼地给自己斟上一盅白酒，端起酒盅儿，滋的一声，一饮而尽，天天如此。

我倒掉的不光是爷爷的白酒，还倒掉了爷爷的子女给爷爷的孝心，还倒掉了爷爷的亲朋好友给爷爷的情谊，还倒掉了爷爷的嗜好，还倒掉了爷爷的生活习惯，还倒掉了爷爷的精神依托……

成家后，我自责地把这事讲述给太太听。太太说，我可以买瓶上好的白酒上坟时祭奠在爷爷坟头。

我知道，这没用的，只能拿看着孙子吃肉夹馍的爷爷和知道孙子糟蹋了自己的白酒的爷爷是幸福的来安慰自己，为自己开脱了。

其实，爷爷当时就是幸福的。不然呢？

8. 孩子，走稳

亲爱的森林宝宝，爸爸今天有幸目睹了你不借助外人的帮助竟然独自下了一级大约二十厘米高的台阶。当然，你借助台阶下面结实的桌子了。

你从坐在椅子上的爸爸怀抱里挣脱开来，一路高歌，扑棱棱地奔向台阶。望着你蹒跚飞奔的背影，爸爸的心里有了你若摔倒，只要不留永久伤疤或其他后遗症就谢天谢地的想法。让爸爸欣慰的是在台阶边沿，你竟然停下来了。你安安静静地伸长脖子朝台阶下面望了望，明显很想下去，但在犹豫，似乎有自知之明。你发现台阶下面结实的桌子了。你走到桌子旁边，身子往前倾了倾，小心翼翼地伸出左手，轻轻地碰触桌沿儿，似乎在试探桌沿儿是否结实。是的，亲爱的森林宝宝，对你来说，那东西又硬又结实。确定结实之后，你用你那娇嫩的左手牢牢地抓住桌沿，左腿果断地迈出了朝下的步伐……

亲爱的森林宝宝，爸爸看不到你的表情，但相信一定是悲壮的。爸爸在为你祈祷，祈祷你的眼睛不要不偏不倚刚好碰到桌角、祈祷你不要下了台阶之后朝后滑倒而摔到脑勺……

左脚先落地，紧接着就是右脚落地。你的眼睛没有碰到桌角、你没有滑倒。你的身体上下颠簸了一下，仿佛飞机着陆，惯性使你往前跑了几步就平稳如湖面了，似乎刚才什么都没有发生。亲爱的森林宝宝，可是你知道吗？就为了刚才这瞬间即逝的动作，你的脑袋、你的神经、你的血液、你的肌肉、你的骨骼和你的关节……都在竭力为"主人"效劳。

亲爱的森林宝宝，你不借助外人的帮助可以独自下台阶了。爸爸知道这一天肯定会来，但是没想到会来得这么早。

就在前几天，前十几天，前几十天的时间里，你热衷于在户外奔跑，碰到要上或要下的台阶时，你直接把离爸爸最近的那只手伸给爸爸，伸得那么理所应当，伸得那么趾高气扬，仿佛老子就是天生伺候你人微权轻的封建家丁；伸得那么安心落意，伸得那么温文尔雅，仿佛父亲就是天生保护你的忠心贴心的皇家侍卫。亲爱的森林宝宝，爸爸不是封建家丁，也不是皇家侍卫，爸爸就是爱你的爸爸，只是爸爸对你的爱赢得了你的绝对信任而已。

终究有一天，你不会再把离爸爸最近的那只手伸给爸爸，因为你已经长大了，别说区区台阶，就是翻山越岭你可能也会视为走泥丸。

亲爱的森林宝宝，面对前途的坑坑洼洼，请永远拥有你第一次不借助外人的帮助独自下一级大约二十厘米高的台阶时的谨慎与勇气。

亲爱的森林宝宝，你在长大，爸爸在老去。爸爸的脑袋、爸爸的神经、爸爸的血液、爸爸的肌肉、爸爸的骨骼和爸爸的关节……都在老去。终究有一天，爸爸会老得撵不上你，只会为你祝福：孩子，走稳！

9. 父子取钱记

　　四月的一个中午，我要去银行取钱，决定带着不到十六个月的儿子。

　　一出门，看见天空，看见太阳，看见树木，看见汽车，看见行人……五彩斑斓的世界让儿子情不自禁地哇哇大喊，似乎在表达心中无比澎湃的喜悦之情，乐得眼睛都眯起来了，像弯弯的月亮，乐得嘴都合不拢了，露出了几颗只能陪伴儿子几年但被儿子无情虐待的乳牙，

　　我走在前面，儿子跟在后面，我回头看儿子。儿子驻足微微往前弯腰，双臂朝后伸直，作起飞状，一路高歌，加速朝我奔来，与蹲在地上张开双臂的我满怀拥抱。儿子条件反射地抬起左腿，示意我抱他。我起身，儿子紧抱我双腿，示意我抱他。我轻轻地挪开儿子，赶

紧朝前走去。

　　儿子似乎瞬间就忘记了刚才让我抱他的事情，心不在焉地跟着我走。儿子好像对这个世界无比好奇，时而仰望，时而俯视，时而左顾，时而右盼。突然，他发现离自己不远的地面上有一截树枝，径直走过去，颤颤巍巍而又小心翼翼地蹲下身子捡起来，如获至宝。那树枝比他的脚丫略长，比他的手指略粗。我怕儿子被戳到，想收走，但是儿子执意不给，硬收的话就会弄得他哇哇大哭，只能随着他了。其实我的担心是多余的，儿子喜欢拿类似的东西玩耍，但没有弄伤过自己。我很奇怪小孩子，他们能把大人认为"无聊"的东西在手里拿好长时间，而且弄不丢，还能拿到他们能去的任何地方，不怕"丢脸"。

　　走着走着，儿子在小区门口遇到了一排黑黄相间的金属路障。儿子好像遇到了他全部的老朋友一样，开心得不得了，抱一抱，摸一摸，抱够了，摸够了，再轮下一个，一个都不落下，偶尔还会叽里呱啦地跟其中几个说说话。

　　我和儿子终于出了小区，来到街道了。

碰到井盖儿，儿子会绕着井盖儿走几圈儿，再试着把脚探出去轻轻地踩一踩，似乎是在试探井盖儿是否结实，试过之后，最后沿着直径在井盖儿上往返跑，把自己开心得乐不可支。

有漂亮的小姐姐从店铺出来看见儿子后，欣喜若狂地跑过来拥抱。儿子置之不理。小姐姐被妈妈叫走之后，儿子才伸手想把自己手中的树枝送给小姐姐。

从家到银行，区区百米，却被我父子俩走了将近一个小时。

到了银行，儿子就睡着了。儿子不知道我用六位数的密码保护着三位数的存款，但是我比任何人都富有，因为我拥有整个宇宙。

大到天体，小到尘埃，世间万物，各自独立，但只要它们都能按照自己固有的速度运转，它们就是一个个宇宙。

10.害怕的东西

每个小孩子都有自己害怕的东西，或人或物。

当我还是一个小孩子的时候，我害怕"疯改仙"（音）。疯改仙是我们村的一个女疯子，跟奶奶年龄差不多，是嫁到我们村来的，不姓赵，当然也不姓疯，极少有人知道她姓什么，也极少有人在乎她姓什么，只在乎她是疯子，所以无论男女老少都称她"疯改仙"。"改仙"应该是她的名字，我是猜测的，所以只能根据发音写出可能是的名字来。

疯改仙不是生来就是疯子，据说要强好胜，但经常事与愿违，在十年动乱期间被气疯了，所以经常奔跑在街道高呼打倒某某某、打倒某某某。

疯改仙害怕奶奶。奶奶说，疯改仙曾经把我们土地爷堂子的土地爷偷走了，被她骂过，所以害怕她。

奶奶也有用得着疯改仙的时候。我家有个红白喜事，疯改仙就溜达来了，才被当人看待，不被撵走，反而会被施舍一碗饸饹。奶奶说，让疯改仙吃好，她才会逢人就宣传，某某家的饸饹长得很，好吃得很。

疯改仙在街道奔跑高呼的时候，后面跟着一群小孩子，有拿棍子撵她的，有拿土块砸她的。我害怕疯改仙，一见到她赶紧跑回家把大门关上，趴在门缝看，但还担心疯改仙会从门缝里钻进来，尽管那门缝只有一二厘米，但是觉得疯改仙是疯子，应该有常人没有的特异功能。

后来我长大了，不害怕疯改仙了，到村子以外的地方去上学了，就不知道关于疯改仙的消息了。疯改仙大概去世了吧。

我是大孩子的时候，就开始吓唬小孩子。邻居家有一个小孩子，害怕哑巴——就是我们村子的一个年长的哑巴。哑巴喜欢邻居家的小孩子，每次从邻居家门口路过，就会逗邻居家的小孩子，但是弄巧成拙，把那小孩子吓得魂飞魄散，失声痛哭，撒腿逃命……这一幕幕经常被我目睹，耳濡目染，我也学会了。我友善地走到邻居家小孩子跟前，再突然模仿哑巴，口中支支吾吾，手上指指点点，把那小孩子吓得丢掉饭碗，撒腿就往家里跑，比被哑巴吓得更甚。

森林是所谓的城市娃，周围没有疯改仙，也没有哑巴，但依然有害怕的东西。洗完澡，我在卧室准备拿吹风机吹头发，被森林看到了。森林似乎对吹风机很好奇，左摸摸，右摸摸。我插上吹风机插头，扳下开关，给森林吹头发，巨大的轰鸣声和源源不断的热气把森林吓得赶紧往我怀里钻。

11. 这有点儿麻烦

儿子，你会说话了，这有点儿麻烦！

时光过得飞快，你不会说话的懵懂时光已经一去不复返了。你现在会清楚地说"爸爸""妈妈"和"奶奶"……这些词汇了。再过不了多久，你就会用语言和文字与人沟通了。这有点儿麻烦。

"你几岁了？"

儿子，有很多人将会这样问你，男的、女的或熟悉的、陌生的……他们固然关注你的年龄，其实更是发现你回答他们问题时的样子很可爱，小嘴一动一动的，很好玩儿。他们在逗你。儿子，请相信他们都很喜欢你，但前提是你自己得先喜欢你自己，而且你的确有值得被喜欢的地方——长相不算。

你会不厌其烦地回答他们的问题。

儿子，爸爸愿你内心终生保持这种单纯与耐心！

"你爱谁？爱爸爸还是爱妈妈？爱爷爷还是爱奶奶？"

儿子，爸爸和你一样也满头雾水，不知道这些大人为什么要问你这些无聊的问题。你如实回答嘛，可能会让一些人伤心；你保持沉默嘛，提问者可能会怀疑你的智商有问题。你巧妙地回答都爱。提问者不会满意，会穷追不舍地问你最爱谁。儿子，如果你愿意保持沉默的话就保持沉默吧。一个正常的儿童只要三五年的时间就学会母语了，但作为一个人，得花一辈子的时间去学会闭嘴。儿子，爸爸若在场的话，努力带你离开那样的社交场合。

儿子，爸爸要努力带你离开的社交场合包括但不仅限于上述的。在另一些社交场合，有人可能会请你吸烟。你若拒绝，他们可能会告诉你，男人就得学会吸烟。你若吸一口，眼中含泪，鼻腔口腔冒烟，呛得你天真的面目顿时变得狰狞。他们乐得哈哈大笑。儿子，不是所有的人都是有趣的。有人会自己深吸一口烟，然后徐徐地把烟圈儿吐向你。儿子，不要吸烟，勇敢地伸出你的右手（你若不是左撇子的话）有力地给他们一个巴掌，爸爸支持你。你今天吸烟，明天可能就会吸毒。儿子，若有人用筷子蘸着酒让你品尝的话，请你端起酒盅儿，朝他的脸上泼过去！儿子，成年之前，烟酒不沾，爸爸相信你。你爷爷和爸爸几乎都烟酒不沾，咱家有这样的好传统。酒吧是专门喝酒的地方。爸爸还没有去过酒吧呢，等你成年时，爸爸请你去酒吧喝酒，就咱爷俩儿。那将是爸爸首次光顾酒吧，相信对你来说也是。

"你谈女朋友没？你啥时间结婚？你啥时间要娃？你工资多少？你这房子是租的还是买的？租金多少？全款呢还是按揭的？首付多少？月供多少？"

儿子，这些问题你可能很难避开。爸爸给你介绍一个人，北宋大文豪苏东坡。他是一个热爱生活的大才子和为民谋利的官员。他的诗词散文中经常出现"呵呵"。对于上述问题，你可以以"呵呵"回答。

苏东坡虽然已离我们而去，但是以文字的形式给我们留下了大量的宝贵财富。那你就得阅读了。阅读可以让你上天入地，访古问今。阅读也是一种沟通。阅读世界没有知音难觅一说。有知音，何不快乐？世间的麻烦皆是过眼云烟，凡夫俗子看不透而已，多读书，以书为阶梯，步步高升，顶破云层，豁然开朗。

12. 森林爸爸历险记

森林，要从小男孩长成男子汉，除了身体发生变化之外，心理还得经受磨练，而历险就是一个好办法。

爸爸告诉你一个爸爸历险的故事。

去年10月的一个清晨，爸爸驱车去一所学校参加考试。问题就出在这车子上了。爸爸不能在学校门口违章乱停车，所以必须找到停车位，边开车边寻找，看到了爸爸的考点学校，看到了警察局，就是没有看到空闲的停车位。突然，爸爸找到了一个大型游乐场的地下停车库，就开开心心地把车子往地下停车库开。

汽车轮胎压过地面上的钢板、井盖和减速带，噼里啪啦各种声音在空旷而又安静的车库通道反复回荡，回音巨大而又连绵，听着可潇洒啦！

爸爸开心得太早了。

当车子在陡峭而又漫长的车库通道行驶到一半时，爸爸突然发现这条车库通道下面的卷帘门竟然是拉下来的，拉得严严实实，是一堵名副其实的"铜墙铁壁"。爸爸赶紧停车，把手刹拉死，右脚还紧紧地踩着刹车踏板。爸爸双手握着方向盘，屏住呼吸，慢慢地尝试一点儿一点儿往起抬右脚松刹车踏板。不行！松一点儿，汽车往下滑一截，松一点儿，汽车往下滑一截，车头距离卷帘门只有三四米的距离了。爸爸又踩死刹车踏板，心里咒骂这该死的游乐场管理方，既然这条车库通道不能正常使用，为什么不在外面设置路障提醒司机！为什么马路旁边的电子屏幕上面还要显示空余车位数量！但是爸爸马上又恢复了冷静，突然想起来汽车说明书上给的陡坡驻车建议。爸爸原地把方向盘打死，让前轮胎与车头朝向形成夹角，以增大轮胎与地面的摩擦力。这招果然管用，车子停稳了，爸爸手脚解放了。爸爸要看到卷帘门全貌必须稍微仰头，身体前倾，能感觉到安全带很吃力，勒得有点儿紧，看后视镜，坡面占满了镜面。爸爸这才意识到这坡比想象中的还要陡。

森林，爸爸只有两个选择：请求游乐场管理方打开卷帘门，正常驶入地下停车库；把车子倒开出去，再找停车位，就像什么都没有发生过一样。

后者是最方便的，但是爸爸知道这难度，所以决定先试试前者。爸爸下了车，锁好车门，吃力地走出车库通道，绕着游乐场走到另一个车库出入口，找到停车管理员请他帮助爸爸。他以自己上班期间不能离岗拒绝了爸爸。爸爸又去警察局寻求帮助，但无果。

爸爸又回到车上，想起爸爸学车时的教练了，回忆教练教给爸爸半坡起步的方法。爸爸又想起最近跟学生分享的电影《地心引力》中的女主角莱恩·斯通了。搭档遇难，她身处茫茫太空，没有驾驶宇宙飞船的实际经验，但是凭借自己的信念、勇敢、镇定、冷静以及专业知识，最后平安回到地球上。爸爸深呼吸，先让自己平静下来，开始操作了，摇下全部车窗玻璃便于观察，耳边回荡着教练说过的话。踩下离合，点火，踩住刹车，方向盘回正，挂倒档，踩油门松离合放手刹，关键的三个动作边听引擎声边冷静而又果断地实施。车子边往上倒边发出了歇斯底里的轰鸣声，轮胎散发出了刺鼻的烧焦味儿……那声音是爸爸听过的最悦耳的引擎声，那气味是爸爸闻过的最芬芳的燃烧味儿……

　　森林，你将来一定也会碰到类似爸爸的经历，相信你一定能够战胜！

13. 森林的玩具箱

森林的玩具箱与众不同。

森林的玩具箱是爸爸从小区垃圾桶旁边捡来的，是别人扔掉不要的垃圾，很大，比森林还大，很重，比森林还重。大概正方体的玩具箱是用结实的松木板和松木条钉起来的。木板和木条都是粗面，很粗糙、很狂野，摸上去稍微有些扎手。粗糙的原色木板和木条上面喷有文字，通过文字知道这玩具箱原来是雷管的包装箱，颇有铁血风格。

玩具箱和它的盖子原来是分开的。爸爸把玩具箱搬到五金店，给玩具箱安了合页和拉手，这样玩具箱就成了一个带有合页和拉手的玩具箱了，一下子变得精致了许多。

森林的玩具箱还可以上锁。爸爸想，把给玩具箱上锁的事情就交给以后的森林吧。

森林应该很喜欢这个玩具箱，哪怕它是别人扔掉不要的垃圾。

14. 森林的"五月"

　　森林的五月不是森林里的第五个月份，而是我儿子赵森林饲养的一只名叫"五月"的中华田园猫。

　　五月的一天，托管班跑来一只猫，疲惫不堪地趴在门口的空地上。太太见它可怜，就给它施舍了一些食物吃，结果弄得每到饭时它就来了，准时无误。时间长了，我们发现这只猫挑食，有些食物很喜欢吃，有些食物根本就不喜欢吃。

　　太太破费了，竟然给它在网上买了一大袋猫粮。

　　我们在前门给它放上猫粮和水，在后门也给放上猫粮和水，还放有一个瓦楞纸箱的猫窝。这猫倒独立得很，来无踪、去无影，偶尔会卧在猫窝里，偶尔在门外喵喵地叫几声，探头探脑地进到屋子里面来，在地板上

我是奶爸

压压腿、伸伸懒腰、打打哈欠……

我一直有一个想法：给森林饲养几乎所有的家禽家畜。既然猫来了，那我们就先把猫饲养着吧。这样，猫就成了森林的了。森林当然不知道自己是一只猫的主人，只知道在托管班有一只猫猫，见猫卧在前门，嘴里一边嘀咕着猫猫，一边摇摇晃晃地走上台阶去抓猫了，双手伸进猫毛里，抓得可舒服了。我们看森林脸上那乐得眯成缝的眼睛就知道了。猫懒得理森林，一动不动。

我们收养了猫，那就得给猫起一个名字。因为是五月邂逅的猫，就给它起名字叫五月。我们开着车，拉着猫，想带它到宠物医院做一个全面的体检，再给它洗个澡。去了宠物医院，遗憾的是这家宠物医院太小，不能给猫做全面的体检，要做全面的体检得到市区的大宠物医院去。我跟太太商量了一下，既然这里不能做全面的体检，那洗澡也算了，就这样"佛系"地养着吧。

我们懒得掰开嘴巴看年龄，也懒得掰开后腿辨公母。猫时而在，时而不在，有时候出去好几天，又回来住好几天。有一天，我突然发现它带着另一只猫回来吃东西，应该是在谈恋爱，带了男朋友还是女朋友回来约会。

就是谈恋爱了，还结婚了，也有孩子了。前几天，我打开后门，看见森林的猫和它的先生还是太太带着跟它们长得很像的几只小花猫跑掉了，被开门声惊吓得跑掉了。

这就是森林的"五月"。

15. 端午的味道

在比儿子略大一点点的时候，经济贫困，物资匮乏，被奶奶散养在后院的几只母鸡就显得尤为高贵，因为所有美好的节日似乎都与鸡蛋有关，端午也不例外。当天起床时，活蹦乱跳的我被奶奶粗糙的双手换上火红的新裹肚。裹肚上绣着五毒，里面装着两个余热犹存的蒸鸡蛋，被告知过了晌午才能吃，吃的时候不要被姐姐和妹妹看到。

雄黄酒不好喝，艾草不好找，端午就玩个香包和粽子。

不曾晤面的城市大姨通过母亲给我送来了在农村罕见的大香包。母亲把大香包绑在我胸前第二个纽扣上就打发我去学校了，劝我不要弄丢，不要让人碰。上课铃

我是奶爸

声一响，玩得满头大汗的我往教室飞奔，大香包叮咚叮咚在胸前晃荡。年轻而漂亮的女语文老师兼班主任叫住我，走过来弯腰羡慕地摸摸我的大香包，闻闻我的大香包。这是老师与一个学渣如此近距离的接触。这种接触让我受宠若惊。我能听到老师闻大香包时的吸气声，能嗅到老师身上好闻的气味，紧张得纹丝不动，连呼吸都屏住了……最后老师笑眯眯地问谁给我做的。憋得难受的我大声回答我大姨。

在全家人蜗居的那间烂房里，母亲会早早地起床，迎着晨曦、踩着露水，只身前往杨家沟打粽叶，回家给我们包其他孩子的妈妈不会包的粽子。母亲煮粽子颇有讲究，什么水，什么锅，什么柴，什么火……都有考究。孩子是没有耐心在乎这些东西的，一心只想着吃粽子，终于熬不住了，睡了。深夜或次日，粽子才出锅，所以我印象中母亲的粽子总是在我睡得迷迷糊糊的时候才能吃的。现在回头想想，那是饮食文化。我对像《舌尖上的中国》这样的纪录片没有太浓的兴趣，因为小时候，目睹母亲就是那样烹饪的。

初二那年端午，不管老师们在讲台上怎样如临大敌地警告我们期末考试逼近，我们低头该缠纸粽子的依然在缠纸粽子。望着美丽的五彩线在一些女生纤细的手指之间来回穿梭飞舞，下课铃声一响，见一个个精致的纸粽子就赫然摆在课桌面上了。心不灵手不巧的我喜欢得不得了，就央求女生也给我缠一个。女生欣然答应。自己认真听课，偶尔偷瞄一眼女生的工作进度，赶放学时就有了一个属于自己的纸粽子。现在纸粽子依然存放在我老家的书房里，不过五彩已褪，不再鲜艳，线已风化，稍碰即断……但同窗之情已酿成醇酒，愈品愈香。

上高中了，长大了，更看中真实的东西，在乎能吃的粽子。我买了粽子送给自己爱慕的女孩。这些青涩的经历后来都变成了我小说里的文字。

　　端午节当天中午，我步行去全都超市买了一袋粽子，大大方方地去了高洁班上，打听到高洁座位，附了一张纸条悄悄地放进了她的桌兜。

我是奶爸

高洁：

端午安康！

赵鹏

2007 年 06 月 19 日

看着高洁温馨的桌面和整洁的桌兜，我鼻子一酸，突然有股想哭的冲动，控制住情绪，红着眼圈，依依不舍地离开了，离开时，瞥了一眼高洁同桌的本子，知道她同桌应该是一个叫刘坤的臭小子，羡慕得有些嫉妒这个天下最幸福的男生。

南下求学，文化差异颠覆了我对粽子的认识。原来粽子可以一年四季当早餐吃啊！同时，也让我对端午有了更为全面的认识。终于目睹到了课本里描写的龙舟赛，场面远比课本里描写的要精彩。

当太太还是女朋友的时候，端午就有了专门的假期，不穿裹肚、不吃鸡蛋、不喝雄黄酒、不戴艾草、不绑香包、不吃粽子……只要假期，有假期才有时间登山露营。

奶奶已乘鹤西归。母亲年过花甲，健康每况愈下，处理日常家务都时而感觉天旋地转，却硬要打粽叶包粽子，即使被严肃劝说也不听。同龄人已为人父母。三代人丰盈地填充了我的端午记忆。

儿子的奶奶包的粽子的味道，是经历人生第二个端午的儿子初尝到的端午的味道。

16. 餐桌沉思录

我坐在餐桌旁边的餐椅上静静地看着大约一年半载的儿子。

儿子的姑父来家里了，带的坚果摆在餐桌上。姑父还未离开，儿子就踮起脚尖，下巴搭在桌沿上，左手抓着桌沿儿，右手拼命地够坚果，像一条看见食物迫不及待的小狗，但是没有小狗超人的跳跃能力，所以够不着，急得大喊大叫，腹热心煎。

我看着儿子。那哪里是儿子啊？那分明就是小时候的我啊！

顿时觉得这情景好熟悉，只是物是人非而已。

当初的爷爷奶奶已经与我们阴阳两隔。当初的姑父们有的已经病逝，有的自姑姑病逝后就再无往来。当初的爸爸妈妈已是爷爷奶奶。当初的姐姐妹妹已为人之妻，为人之母，而且都成了姑姑。当初穿破裆裤的顽童如今已为人之夫，为人之父。

蓦然回首，恍如昨日。

我的童年早已香消玉殒，儿子的童年萌芽刚破土而出。

生命若有轮回，这岂不是轮回？

儿子每次被带出去散步，就乐此不疲而且严肃认真地把汽车轮胎指给我看。我看得害怕，对生死敬畏之心油然而生。

生命又岂不是轮回？时光是车轮，滚滚向前，芸芸众生只是车辙，被印在泥土尘埃之中，起初印记明显，历经风吹雨打逐渐变得模糊，最后无影无踪。车轮滚滚向前，再辗轧出一模一样的车辙，只是与起初的车辙不在同一时间和空间而已，终究不会晤面。

说不定在宇宙的某一个角落，还有一个你存在，宇宙又这么大，你觉得呢？

17. 不会鲤鱼打挺的爸爸

盛夏，儿子睡在高处的单人床上午休，我躺在地板上的旧床垫上边阅读边看护儿子。

儿子醒了，看看我，满足地笑了。那种笑我也有过，熟睡自然醒来，一身轻松，口不干、舌不燥，浑身都觉得舒服，心情很好，很满足，会情不自禁地笑起来。因为经历过，所以我很理解儿子。

儿子竟然爬起来坐在床上了。他看着我微笑，我看着他微笑。我们父子俩就这样彼此看着对方。

我放下手中的书，躺在床上伸了一个懒腰，突然心血来潮，想做一个鲤鱼打挺起身，当然失败了，因为我根本就不会鲤鱼打挺。

我是奶爸

我失败的鲤鱼打挺竟惹得儿子咯咯地笑起来，笑脸灿烂得如同怒放的花朵。婴幼儿的笑点总是很低。我做一个失败的鲤鱼打挺，儿子就咯咯地笑一阵；做一个失败的鲤鱼打挺，儿子就咯咯地笑一阵。我牢牢地掌握了让儿子笑的节奏，后来看他笑得差点儿断气，就停止逗他了。

我第一次目睹鲤鱼打挺是在上初一的时候。两个体育老师在操场秀才艺被我看到了。一个老师花式篮球玩得很好。那篮球在他指尖就好像有了魔力一样，哗啦啦地飞速平稳旋转，旋转得那么潇洒。另一个老师接过篮球秀花式篮球，篮球的魔力仿佛顿时消失了，在指尖上连待也待不住，尝试了好几次，屡屡失败，最后放弃了尝试。这老师扔掉篮球，迅速躺在旁边的垫子上准备做鲤鱼打挺，高举着的双腿迅速朝下一摆，胳膊一晃，竟然站起来了。我看得目瞪口呆，平时只在电视或电影里面见过。

我不知道对我来说学会鲤鱼打挺难不难，但是我想学，学会之后再给儿子表演。

18. 爬山虎

　　我知道小区广场附近的一栋别墅周围种有爬山虎。去年冬天，我从那栋别墅旁边走过，看到墙壁上挂满了枯藤萎叶，心想若到夏天，这栋别墅应该就会被爬山虎包围，一片清爽。

　　周二傍晚我难得有空陪伴儿子，带着儿子在小区广场闲逛，见小区广场尽是妇孺，妈妈三五成群，或拉家常或玩手机，孩子们在广场上呼朋唤友，跑来跑去，玩得开心。广场热闹非凡！

　　我又看到广场旁边那爬山虎了，就带儿子去看爬山虎。一栋荒废的四层别墅无人打理居住，透过乌七八糟的窗户的玻璃，能看到厚重而又肮脏的窗帘被拉得严严实实。小院栅栏门早已不知去向，可随便出入，顽皮的孩子或好奇的成人应该经常出入小院趴在窗台朝里窥视，已经踩出了一条寸草不生的小径，黄土路面凹凸起伏，被踩得结实。蚊虫嗡嗡乱舞。吸吸鼻子，偶尔还能嗅到垃圾的腐朽味。别墅虽在热闹非凡的广场隔壁，但幽静无比，犹如置身太空观望地球，地球近在咫尺，一片繁华，太空却一片静谧。

爬山虎从墙根长出，分出多路藤蔓，克服地球重力蜿蜒朝上，柔中带刚的"脚丫子"牢牢地"抓"住陡峭的墙壁，无论表面是光洁的瓷砖还是坚硬的板砖，都不能消磨掉它们朝上生长的动力，那是它们对生的渴望。爬山虎知道门窗是禁地，绕过门窗，继续攀爬，沿着门窗轮廓把门窗包围起来，小心翼翼地呵护着门窗。爬山虎喜阴，这面墙壁面朝北，也算阴凉，但也不畏惧强光，耐寒、耐旱、耐贫瘠……

我抱着儿子左转看到了别墅面朝西的山墙。

呵！好壮观的爬山虎啊！

我抬头仰望，爬山虎覆盖了整个墙壁，翻越屋檐都爬到屋顶上去了。健壮的叶子在墙壁上匀称地铺开了，密密麻麻，但不重叠，也无留白，躁动不安的工匠是无论如何都无法完成这只有不急不躁的大自然才能踏踏实实地完成的浩大工程的。我四十五度角仰望，能看清爬山虎不计其数的叶子垂直墙壁的距离，层次分明，不拥不挤，不遮不挡，能让每一片叶子公正地获得太阳的照射。黑压压的爬山虎，像一碧万顷的荷叶，像一泻而下的瀑布，鳞次栉比，生命力如此旺盛，但也不是一夜平步青云，而是一步一个脚印，老老实实地一寸一寸攀爬，不舍昼夜，年复一年，终究才有今天的壮观。爬山虎可能被狂风疯狂肆虐过，可能被病害无情侵袭过，可能被害虫残忍啃噬过，可能被专业园丁评头论足过，可能被爱花的女人偷偷剪移过，可能被懵懂的小孩胡乱撕扯过……爬山虎不在乎这些天灾人祸，依然努力攀爬，努力生长。

这黑压压的爬山虎其实并不干净，上面布满了灰尘。我想，有朝一日，雷雨一定会光顾它们，一定会将它们冲透洗净，让它们一尘不染，锃亮锃亮。雷雨一过，云开日出，彩虹会让爬山虎更加熠熠生辉。

我抱着儿子再朝左拐到南边去，在窗台下面见到了

我是奶爸

一根爬山虎的末梢，那么干净柔嫩，像婴儿的肌肤一样干净柔嫩，还有若隐若现的绒毛，就像婴儿脸上若隐若现的汗毛一样。那应该是爬山虎的儿子吧。

19. 乡间小路

电线老化，天气高温，电箱终于爆了，我才得以脱身于补贴家用的兼职而陪伴年幼的儿子。

陪伴儿子是世界上最美的工作，没有客户的抱怨投诉，没有领导的威逼利诱，没有专家的检查指导，只有我对儿子浓浓的爱，足够了。

停电了，手机无法充电，被迫关机了，世界方才一片清闲。

我推着童车里的儿子一路朝西走在乡间小路上。老态龙钟的夕阳有气无力地瘫躺在天边。似乎因为闷热，本该粉墨登场的晚霞慵懒地挤压在一起，白的一层，红的一层，褐的一层……纹丝不动。偶尔有一丝丝热风溜过。

我是奶爸

　　路过工地，儿子见到神奇的搅拌车而欢呼雀跃。我与儿子待在一个安全的角落全神贯注得有些傻不拉几地看搅拌车。在工地门口，挺着不断滚动着的大肚子的搅拌车没有往日高速行驶时的疯狂了，温文尔雅，减速慢行，噗的一声放个"大长屁"才能彻底停稳。搅拌车闪着像大眼睛一样一眨一眨的警示灯耐心等待前车先行。等前车走了，关闭警示灯，搅拌车才轰的一声启动，驶入工地，在坑坑洼洼的工地摇摇摆摆地前进。搅拌车逐渐远去了，大屁股一扭一扭的，仿佛一头远去的大象。儿子竟然给搅拌车挥手再见。

　　路边的野草丛中长有蒲公英。我采来两朵，一朵自己吹，另一朵给儿子吹。我蹲在儿子的童车前面，吸气收腹，用力长吹，蒲公英的种子争先恐后地离去，飞呀飞，飞呀飞，稳稳地落在了远方。它们会在那里扎根发芽，安居乐业，哺儿育女。儿子看见我吹，蠢蠢欲动，跃跃欲试。我帮儿子把蒲公英捧到嘴边，儿子不会像我一样吸气收腹，不会像我一样用力长吹，噗的一声就使那些蒲公英与父辈邻里而居了。这些蒲公英如果安土重迁可能在感叹自己背井离乡。渴望诗与远方的蒲公英可能在感叹命运不公。人微言轻的我们父子俩竟然也有举足轻重的时候，可以轻易改变一代乃至几代蒲公英的命运。

行驶到一座大桥下，我嗅到了浓烈的油漆味儿，赶紧推着儿子的童车奔跑，边跑边朝儿子喊快跑，就像身后有大怪兽追赶着我们一样。车轮奔驰在横铺的蓝砖路面上，颠簸不停，发出了咣唧唧的响声。抵达嗅不到油漆味的地方时，我才停车看儿子，儿子那娇嫩的眼睛已被刺激得流泪了，脏兮兮的睫毛都粘在一起了。

这不是什么乡间小路，而是我每天上下班开车狂飙路过的一段河堤路旁边的人行道。我之前根本就没有发现过搅拌车的车尾竟然像大象屁股，之前根本就不知道这路边野草丛中竟然长有蒲公英，之前坐在车子里根本就不在乎除汽油味和烧糊味之外的任何气味。

城市没有什么乡间小路，这自然不是什么乡间小路了，为了儿子，被我当成乡间小路。乡间小路是每一个幸福童年的标配。

20. 踩水

　　爷爷在世的时候，我就是爷爷的"跟屁虫"，与爷爷形影不离。爷爷赶集的时候，更少不了我。爷爷赶集有一个习惯，就是喜欢在集市快散的时候才去赶集。很显然，那时候的蔬菜都会打折。所以在我印象当中，晌午人家赶集完都回家，爷爷却骑着自行车带着我逆流而行。大人很会体面地掩饰生活给自己带来的困窘，逢人便说，自己不喜欢赶集，人多聒噪，集市快散的时候自己才去买些蔬菜就可以了。可是在孩子眼中，总有为什么他们的赶集时间与别人的赶集时间不一样的疑问。

　　曾经有一段时间，可能在森林眼中，总有为什么他的踩水时间与别人的踩水时间不一样的疑问。

　　雨过天晴，小区院子里积了一些水，形成浅浅的小水潭，星罗棋布。没有任何一种玩具对孩子的吸引力能超过这种小水潭。傍晚时分，夕阳西下，一群群孩子在下班的家人的陪伴下在小区院子里撒欢儿，尽情踩水，尽管被家人呵斥着。我知道这是美妙无比的亲子时光，但是生活逼迫我下班之后不得不继续工作，以透支我那美妙无比的亲子时光。

工作结束后已经很晚了，其他小朋友都回家洗漱睡觉了，我才陪伴森林踩水。没有傍晚的燥热，空气清凉，除了我与森林，小区院子里空无一人。因为没有嘻嘻哈哈的人群了，所以我与儿子遇到了少有的静谧。鹅黄的路灯灯光戏弄着我与儿子的影子，时而把影子拉长，时而把影子压短。儿子兴奋地在小区院子里奔跑，犹如进入空无一人的大型游乐场一样，好像全部玩具都归他自己所有。他故意跺着脚，疯狂而又贪婪地从这个小水潭奔向那个小水潭，看见溅起的晶莹的水花，听见发出的啪啪的响声，便咯咯地笑起来了，笑得那么无所顾忌，这笑声久久地回荡在高耸的楼宇之间。我不呵斥儿子，得让他体验到大自然馈赠给他的瞬间快乐。我不是真的担心他弄脏衣服，只是担心太太洗衣服麻烦。我不是真的担心他生病，只是担心他生病时给身为父母的我们带来的虐心体验。在孩子面前，我们只考虑自己的感受，是不是太自私了？其实，我也知道，孩子要生病，即使不踩水也会生病。孩子不生病，即使踩了水也未必生病。既然这样，为什么不让他踩水呢？鞋子已经湿了，那就干脆让它湿透吧！没有旁人，便没有旁人异样的眼光，一个难得的夏日雨后夜晚，我毫无顾忌地陪着孩子一起踩水。我们父子俩比赛，看谁溅起的水花高，听谁跺出的声音响，最后儿子满身的泥水，我也满身的泥水，儿子笑得乐不可支，我幸福得希望时光永远驻足那一刻。

我把儿子从水潭里面抓起来准备抱回家。他两条腿晃荡得如同离开水源而挣扎的鱼儿，表示反抗，拒绝回家。

我们父子俩的鞋子都湿透了，衣服也湿了。面对太太，我准备让儿子背黑锅。回到家，太太没有丝毫责备，让我们赶紧脱鞋子脱袜子洗脚换袜子换鞋子。

在不久的将来，儿子就能看懂这些文字了。他眼中若有疑问，为什么他的踩水时间总与别人的踩水时间不一样呢？那是因为他的父母为了生计不得不延长每天的工作时间，而透支那美妙无比的亲子时光。也正因为这样，他才拥有了其他孩子所没有的在月朗星稀的深蓝色夜空下与父亲踩水的快乐记忆。

　　一岁半的森林自然是记不住的，我先用文字帮他记着。

21. 大学餐厅的阿姨

曾经有一段时间，我在学校的餐厅吃早餐，坚持每天在同样的时间去买早餐，而且每天买的早餐都是一样的：一份两块钱的炒粉、一份五毛钱的豆浆和两个单价为一块钱的鸡蛋，一共是四块五毛钱。

时间一久，一位打饭的阿姨记住了我，或者说记住了我的早餐。先记住了我还是先记住了我的早餐，因为我而记住了我的早餐还是因为我的早餐而记住了我，没关系，反正两个都被阿姨记住了。在窗口买饭是刷卡的。阿姨看见我朝窗口走来，便面带微笑地在刷卡机上直接打出四块五毛钱的价格等我刷卡，接着去准备我的早餐。有时候，阿姨看见我远远地朝窗口走来，便匆忙去准备我的早餐，等我走到窗口旁边时，阿姨面带微笑地边将早餐递给我边在刷卡机上打价格。这时候的我总是腼腆而又骄傲地一笑，边接早餐边刷卡。我们的沟通只需微笑与眼神就足够了，无须语言。

就这样，我理所当然地享受着来自阿姨的服务。直到有一天，我去买早餐的时候发现那位阿姨不见了，可能请假了。另一位阿姨给我卖早餐。我说要一份炒粉，那阿姨在刷卡机上打出两块钱的价格，我说再要一份豆浆和两个鸡蛋，那阿姨又在刷卡机上打出两块五毛钱的价格。这让我突然愤怒起来，可是仔细一想，我凭什么愤怒。我知道，我只是因为不适应自己的某种生活习惯被突然改变而产生了一些消极情绪。我也知道，我理所当然地享受着来自那位阿姨的服务已经是我的一种生活习惯了。

一个可以称得上是陌生人的阿姨在潜移默化地影响着我的生活，这种影响直到她不在时才引起我的注意。我们的确是陌生人，她家可能与我家隔着大半个中国，她是学校餐厅的阿姨，我是学校的学生，她为我服务，我接受来自她的服务……就因为这种服务使我记住了她，而且终生难忘。来自她的服务，既有了解——就像母亲了解儿子的饮食特点一样，又有默契——就像妻子完美地配合丈夫时需要的默契一样。

　　大学毕业以后，我除了能记住一些老师和一些同学外，还能记住一些人，就像那位阿姨。

22. 驴与民工

最近一次与驴接触已经是十几年前的事情了。

夏天，外公去世了，陕北的黄土峁峁上偶尔有风吹过，但是白花花的太阳光像银针一样蜇得人后背刺痛。

我们要给外公箍墓，得把板砖从山脚沿着羊肠小道搬到山顶。多亏了驴！驴似乎不知道热，也不知道累。两个大蛇皮袋子，都装满板砖，用细绳扎紧口子，再用粗绳串起来，男人吃力地抬起来往驴背上搭，左边一个，右边一个。听到"嘚"一声，蹄子把黄土一蹬，驴不紧不慢地扭着屁股朝山顶走去。山顶有人，等驴一到达就赶紧把两大蛇皮袋子板砖卸下来。时间长了，我与驴混熟了，敢独自带着满身负重的驴去山顶。那会儿山顶竟然没有人，我无力把两大蛇皮袋子板砖卸下来，呆呆地望着驴。驴一动不动地站着，迷茫地望着远方，似乎在期待有人马上帮它卸下负重，但是没有人，又开始原地团团转，最后扑通一下子卧倒在地上了，弄起一阵黄土。驴能卧下来，可想而知累到什么地步了！趁驴卧下来了，两大蛇皮袋子板砖挨着地面了，我赶紧打开口子，飞快地掏出全部板砖，拿走蛇皮袋子，驴才站起来了。舅舅上到山顶，惊讶地问我是如何把两大蛇皮袋子板砖卸下来的。我支支吾吾，没敢说是驴自己卧下来的。

那头驴估计已经"去世"了。我对不起它。

在城市见不到驴，但是可以见到像驴一样的民工。

也是夏天，单位四楼在施工，需要板砖，民工得把板砖从一楼沿着楼梯搬运到四楼。不小的工程被两个年龄可以给我当父辈的民工包揽了，累得要命，但估计他们心里会偷着乐。我从开着空调而冷气袭人的办公室走出来见到他们搬运板砖。背心和短裤破旧而又肮脏，上面沾满了砖灰，汗水把砖灰和泥浆粘贴在他们的身躯上，里面填充着他们枯瘦、黝黑而又有力的身躯。他们弯着腰，双手伸向后面背着十层板砖，每层两块。头上的汗水顺着两颊流进眼睛里，眼睛被蚀得不断眨眼。他们想擦眼睛，可是手都腾不开，一步一个台阶，不紧不慢地朝楼上走去。

我本想给他们拍照，知道只要随便按一下快门就会得到一张不错的照片，但是不忍心，尽管那照片可能会被用于教学，在大屏幕上展示给坐在教室里或认真或不认真听课的学生。

对于驴与民工，我始终都觉得有种罪恶感，如何减轻这种罪恶感，是我永远应该思考的事情。

23. 森林，爸爸告诉你
爸爸为什么打爸爸的学生

森林，在刚才的科学课上，爸爸的一名四年级的男生不认真听课，把学校发的加餐面包像垃圾一样在教室扔来扔去。爸爸请他捡回来。他无动于衷。爸爸走过去弯腰捡起来了，那面包已经风干了，显然在桌兜已经放了好长时间。男生的表现让爸爸极为愤怒。爸爸啪啪啪在男生后颈重重地拍了几下。男生竟然扭头惊讶地问爸爸为什么打他。

爸爸直言不讳地告诉男生，这是替他爸爸打他的，还告诉男生，让他回去问他爸爸我为什么打他。

森林，据爸爸所知，加餐和"蛋奶工程"是配套的。社会很大，大到我们想象不到富裕的人到底有多富裕，贫困的人到底有多贫困。在你吃饱喝好的同时有人食不果腹，我们未必一定得给予他们饮食，但是自己一定不能浪费粮食。

乡下居民为了谋生，为了发展，努力奔赴富裕的城市，乡下人口就哗啦一下子减少了。乡下学生减少了，学校就显得空荡荡的，有些学校甚至都没有学生了。学校若没有学生通常就没有存在的必要了，得与其他学校合并。合并之后的学校非常好，学生增多，师资丰富，功能也齐全，可以住宿，但也有问题，比如拉长了一些学生的上学路程。这些学生为了节省时间，会带餐饭来学校用餐，但是他们家庭贫困，餐饭都是营养不怎么丰富的腌菜和干粮。怎么可以使他们那正处于生长发育阶段的身体缺少营养呢？

关注民生的政府开始探索"蛋奶工程"了。事实证明，这个政府买单的政策的确是善良英明的，所以就被逐渐推广开来，以使爸爸待的这个处于城乡接合部的学校的学生享用到了免费的蛋奶和加餐。

森林，除了大自然无私馈赠于我们的阳光和空气以及人类制造的最高尚的情感——爱，这个世界上再没有任何东西是免费的了，切记。我们说蛋奶和加餐是免费的意思是学生家长无须花钱。学生家长无须花钱并不代表就没有别人为他们买单。政府为他们买单了。这里面涉及一个叫"税"的东西，爸爸改日跟你细说。

公鸡、母鸡、饲养员、司机、工人、营养师、质检员、厨师和老师……森林，鸡蛋不单纯是鸡蛋了，牛奶不单纯是牛奶了，加餐不单纯是加餐了，它们凝聚了无数动物与人们不计其数的血汗。不浪费，吃了喝了消化在肚子里的话，上述动物与人们的存在和工作就是有意义的，否则我们就在残害动物的生命，践踏辛勤工作的人们的血汗。

森林，你可能会问：爸爸，那些人工作的同时不是也赚钱了吗？是的，但钱是自己的，资源是大家的。浪费资源我们决不允许。你有钱，但钱不能当饭吃，虽然现在钱能买到饭；你有钱，但钱不能当水喝，虽然现在钱能买到水。

请身在岁月静好年代之中的你好自为之！

森林，祝你将来碰到一位因为你浪费粮食而教诲你的良师！那良师若让你回来问爸爸他为什么教诲你，你若遵从师命回来问爸爸，爸爸戒尺伺候。

24. 拉屎屎

面对尚不会用言语表达自己的婴幼儿，年轻的父母总会有意或无意犯这样或那样的错误，然后懊悔不已，即使给孩子道歉了，也无法被孩子理解，只能自责。比如，孩子的线裤没有穿舒服，难受了一天，父母却浑然不知。再比如，袜子的线头缠绕到孩子的脚趾头上了，痛得孩子哇哇大哭，父母却以为穿戴整洁的孩子见鬼了……

我坐在客厅的沙发上看书，一岁多的儿子穿着开裆裤在旁边欢呼雀跃地玩耍，突然扶着沙发怔住了，怔得那么专注，喉咙还发出嗯嗯的用力声。我知道他应该正在拉屎屎，赶紧扣下书跑过去，果不其然，两腿之间的地板上已经有一块屎屎了。我怕后面清理麻烦，就迅速

我是奶爸

抱起儿子跑到他平日拉屁屁的地方，端着儿子等待他拉屁屁。儿子又拉屁屁了。突然，我很懊悔，自己不应该在儿子专注地拉屁屁的时候迅速把他抱走，应该耐心等待着儿子把屁屁拉完，再帮助他清洁屁股。即使儿子弄脏了地板、沙发和衣服，我也得毫无怨言地清洗，因为儿子还小，不依靠大人根本就生活不了。

端着儿子等待他拉屁屁，我陷入了沉思……

我注意过我能看到的所有飞禽走兽，无论它们生性多么凶猛，但是在它们拉屁屁的那一瞬间都是毫无攻击性的，都无比专注。人也不例外——当然人谈不上什么攻击性，但是那时候注意力相当集中。飞禽走兽喜欢去僻静的地方拉屁屁，估计也是一种自我保护的本能吧。

关于拉屁屁，我不知道我的儿子未来要经历什么，但是记得自己的些许经历。

大门前面有一个露天粪堆，我一到要拉屁屁的时候就脱下裤子蹲在粪堆前面拉，有时候还边吃东西边拉，拉一堆，往前挪一下；再拉一堆，再往前挪一下……完了喊奶奶出来帮我擦屁股。奶奶偶尔给我用纸擦，不是卫生纸，是姐姐用过的本子纸，多数时候都是用土块擦。

记得有一次，我误吞了一枚硬币，是一分的还是二分的，忘记了，反正不是五分的。奶奶估计也担心得很。只要我拉屁屁，她就跟着我，用粗树枝戳破我拉的屁屁在里面寻找硬币，最后找到了才放心了。

现在想想，这卫生状况堪忧。

第一次使用蹲便器当然是跟家人去了城市，看着光洁干净的蹲便器，我不敢使用，怀疑真的要在这上面拉屁屁吗。是的。拉完之后，我得冲水。水箱是手拉式的。我拉了一下绳子，嘀里哐当一阵声响，随之蹲便器里面就充满了急速流往下水道的水流，带走了我的屁屁。我被这声音和水流吓得哇哇大叫起来，以为这水流不会再停息了，会淹没整栋建筑。

我长大了，去了更远更多的地方，在形形色色的地方拉过屁屁，有星级酒店的马桶，也有像家乡山头上的简易厕所。我不觉得星级酒店的马桶就高档，也不觉得像家乡山头上的简易厕所就寒酸，只是文化的差异而已。

现在，在外面，我更在乎厕所的分布密度以及环境卫生。拉萨的公共厕所给我留下了深刻的印象。我敢保证，包括帝都和魔都在内的任何一个城市的厕所分布密度都不及拉萨的，每隔一二千米就有一两座公共厕所，逛街的时候毫无紧张感。厕所都有卫生香焚烧，祛除异味。

在家里，来自乡下的我其实更喜欢蹲便器，觉得蹲着舒服。但是家里只有我一个人的时候，就没有人跟我抢占厕所了，我又喜欢马桶，因为可以手捧一本厚厚的小说，爱坐到什么时候就坐到什么时候……

25. 带着儿子去骑行

我喜欢的夏天过去了，永远不会再回来了，就像一缕青烟一样，散开了，散开了就没有了。

去年夏天是儿子生命当中的第一个夏天，儿子只有几个月大小，还不会走路，只能被人抱在怀里或待在床上，所以夏天过得意义不大。

我和儿子彼此填充了对方今年的夏天。

夏天快来的时候，我们就准备迎接夏天了，买来一个儿童座椅。显然，我们需要自行车陪伴我们度过夏天。去年夏天，我新买了一辆山地自行车，计划要骑行到内蒙古，可是由于其它原因计划破产了。儿童座椅设计师的想法很好，但是产品似乎不能与我的自行车完美结合，只能将就着使用。我甚至都有给我的山地自行车

我是奶爸

生产商发送邮件请求他们给我私人订制一个儿童座椅的想法。但儿子似乎对这种将就很满意，等安装好儿童座椅后，被载着绕建筑物试骑了两圈，死活不肯下来了。

"铃儿叮当响，我们去骑行……"

这是我们的骑行口号。每天早晨，儿子睡到自然醒，从被窝里爬出来就被我载着去骑行了。我们能见到辛勤的清洁工、能见到匆忙的上班族、能见到疲惫的小学生……儿子喜欢喝装在密封杯子里需要用吸管吸吮的稀饭。路过一家卖这种稀饭的早餐店时，我总会停下来让儿子在这里喝上一杯他喜欢的稀饭。儿子把他的太阳镜摘下来放在餐桌上，坐在对他来说显得无比巨大的凳子上，慢悠悠地喝着稀饭，专注地望着马路上来往的车辆。我们每天的早晨都如此祥和。喝完稀饭，儿子再被我载着去看荷花。波光粼粼的湖面上荷花开得正艳，粉的像霞，白的像雪。

只穿着短袖和纸尿裤的儿子毫不在乎高温天气，烈日当空，拉扯着我去骑行，把我鞋子拎过来往我脚上套，示意我出门。我们骑着自行车逛市井气息浓郁的菜市场，观看人们为家长里短打架，路过基督教堂，仰望高耸的建筑，穿越河滩，沙土飞扬，有驰骋沙场的感觉，涉水骑行，欣赏滚滚向东流逝的河水。洪水来了，昨日还沙土飞扬的河滩今日就水波荡漾，沧海桑田，世事无常。洪水走了，留下了厚厚的淤泥，我们脱掉鞋袜在淤泥里撒欢儿，和鱼一样光溜溜的淤泥弄得我们脚掌奇痒无比。父子俩四只脚上都裹了一层薄薄的泥巴，太阳一晒，皲裂得像爬行动物的皮肤。

傍晚，我们出发去探险。在高架桥下，我们仰望呼啸而过的火车。我们骑着自行车在颠簸的陌生土路上飞奔，到了路的尽头，竟然发现了马场。在马场，我们见到了性格温顺而又暴烈的马匹。我想有朝一日，儿子应该会有一匹属于他自己的马儿。儿子犯困了，脑袋像捣蒜杵一样往车把上磕。儿子拉了，我没有多余的纸尿裤了，也没有多余的湿巾或纸巾了，只能一边飞速骑行回家一边安慰鼓励瞌睡而又因为纸尿裤有屎屎而难受的儿子。

"森林？"

"嗯？"

"爸爸知道你又瞌睡又难受，再坚持一下，好不好？"

我是奶爸

"嗯！"

每天都这样，儿童座椅终于招架不住了，在立秋前后坏了。夏天过去了，我和儿子在夏天留下了很多美丽的记忆。趁还能陪伴儿子，我要好好地陪伴儿子，因为我知道终究有一天我要与儿子分开的，就像一缕青烟一样，散开了，散开了就没有了。

26. 儿子不在身边的自由

对中国现在的一些年轻人来说，婚前与婚后的生活基本无异，但有孩子的生活和没孩子的生活绝对是不可同日而语的。

乳臭未干的儿子算是比较懂事的孩子了，但也有让我郁闷甚至崩溃的时候。那时候，我就向太太感叹：要是人类能生机器宝宝的话那该多好啊！宝宝身上有很多开关，哭有哭的开关，笑有笑的开关，吃有吃的开关，喝有喝的开关，睡觉有睡觉的开关，起床有起床的开关，生病有生病的开关和康复有康复的开关……爸爸妈妈每天只负责这些开关就好了。感叹归感叹，但是我想没有父母真的愿意要这样的宝宝吧。

孩子的成长是持续到、不间断的、单向的、不可逆转的……儿子一出生，我就成了爸爸，这工作没法辞职，没有退休，直到我生命终止。

把太太和儿子送到她娘家和他外婆家了。

开完例会，天黑了，路灯亮了，门头灯箱也亮了，如同白昼。街道堵车堵得厉害，车灯扫着聒噪的夜空，嘀嘀嘀。形形色色的行人穿插其中。那一切与我无关。

慢慢地走着，慢慢地看着，熟悉的环境、熟悉的夜市、熟悉的气味、熟悉的小贩、熟悉的叫卖声、熟悉的地摊、熟悉的小商品……竟然能有新的发现！哪家店铺开始转让了、哪家店铺重新装修了、哪家店铺在做促销活动……

去常去的理发店，想给自己理个发，结果发现那家理发店今天破例这么早就下班了——其实根本就不知道他们今天是没上班还是下班早。犹犹豫豫，最后去了另一家理发店，让自己不熟悉的理发师给自己理发，无所谓啦，没有奢望自己的发型能让人赏心悦目，即使能，赏的也不是我的心，悦的也不是我的目，只要我自己觉得清爽就好。

走到天天做促销活动的一家汉堡店门口，肚子有点儿饿，索性进去给自己点了一份平时几乎不吃的披萨和一份现在偶尔喝的可乐，付过钱，拿着小票，安安静静地坐在餐桌旁边等着叫号。披萨和可乐来了，逢吃必拍，拍张照片，逢拍必发，发个朋友圈，然后断断续续地收获那不能当饭吃却可以满足虚荣心的朋友点赞。

慢慢地吃着披萨，似乎舍不得吃，怕一下子吃完，慢慢地喝着可乐，似乎舍不得喝，怕一下子喝完，我就像儿童节当天的儿童一样，平日被父母训斥着，各种嫌弃，到了儿童节这天，被带进汉堡店，点最贵的食物吃，点最贵的饮料喝。我看到两名与我年龄相仿的外卖小哥在焦急不安地等待厨房出餐，其中一个突然帮助服务员收拾客人留在餐桌上的餐盘和垃圾。服务员受宠若惊，被感动得直说谢谢谢谢。我知道，他希望自己能帮助服务员，而让服务员赶紧回到吧台帮他打包他即将带走的外卖。突然见到成天在街道骑着电动车横冲直撞的、和业主混进小区的外卖小哥鲜为人知的一面，慢悠悠地吃喝的我的眼圈儿一阵酸痛，不知道外卖小哥有没有孩子，若有的话，不知道他们的孩子是否与我的儿子一样年纪，不知道他们的孩子是否期待着爸爸回家，不知道他们的孩子是否也生病了……

我是奶爸

回到家里，平日充斥着儿子咿咿呀呀说话声的卧室顿时清静了，平日拥挤的双人床现在显得无比辽阔……

清静也好。

我可以慢慢地看小说。

我可以悠闲地写文章。

没有儿子的搅拌，我可以安心地看一部平日一直想看的电影。

中国父母天生就有为子女操碎心的命，操心健康、操心学习、操心考试、操心升学、操心恋爱、操心工作、操心买房、操心结婚、操心怀孕、操心老大、还操心二胎……

儿子不在身边，我觉得挺自由的，但是我的自由是建立在太太格外辛苦的基础上的。在岳母家，太太应该正在斗智斗勇，大战儿子……

太太辛苦了！

其实，所有的奶爸宝妈都辛苦了！

27. 孩子，愿你能戴太阳镜

　　森林，你有一副太阳镜，是一家眼镜店的老板送给你的。今年夏天你戴过好多次，但是没有印象，因为你太小。

　　爸爸近视了，所以戴的是近视镜。你喜欢抓爸爸的眼镜，有一天晚上终于把爸爸的眼镜抓坏了。爸爸次日早晨带着你不得不穿过模糊的院子和模糊的街道来到眼镜店修理。眼镜店老板的年龄比爸爸的年龄大了许多，用颤抖的双手拿起爸爸的眼镜仔仔细细地观察了一遍，说爸爸眼镜架上的一个螺丝需要更换。我说那就更换吧。那螺丝很小很小，小到打一个喷嚏的气流都能将它吹得无影无踪。

　　更换螺丝让我们太尴尬了。眼镜店老板在安装螺丝，但是双手颤抖，不能很顺利地把螺丝放进螺丝孔里。爸爸双手不颤抖，就想帮助他很顺利地把螺丝放进螺丝孔里，但是没有戴眼镜，看不清楚，所以还是不能很顺利地干活。我们趴在明亮的玻璃柜台上专注地做着同一件事情，脑袋埋得低低的，却事倍功半，样子特别滑稽，最后我们尴尬得哈哈大笑。

在爸爸带你临走的时候，眼睛店的老板送给你一副太阳镜。

森林，爸爸特别羡慕你！因为你可以戴上太阳镜酷酷地欣赏这个精彩的世界。

爸爸小时候视力也是非常棒的，雨过天晴，能看到百米之外的麦秸堆上的水气在蒸发，袅袅上升。后来在老屋祖父母房间的抽屉里发现了一本既没有封面又没有封底的《西游记》，看得如痴如醉，睡前和醒后都钻在被窝里面打着手电筒看，通过这种方式看了一些书，但是视力依然明察秋毫。

爸爸初二第二学期配了眼镜。上初一的时候，爸爸的视力还好好的，还坐在我们教室的最后一排。初二寄宿的民房宿舍又空荡又黑暗，一只昏暗的小灯泡即使使尽浑身解数也无法使宿舍明亮到我们满意的程度。我们就私自购买并更换了大瓦数的灯泡，使房间明亮了一点点，但是不能让光线从窗缝和门缝泄露出去，以防贫穷的房东老夫妇看到而责骂我们浪费电。所以我们用能用的一切东西把窗缝和门缝塞得严严实实的。每天海量的家庭作业使我们差点儿窒息。无论如何，我们都必须完成作业。在这种环境下学习，视力下降的速度可想而知。功夫不负有心人，考试结果出来了，爸爸的成绩名列全班第一。其实现在想想，我宁愿不要当全班第一也得保护好自己的视力。

森林，当然，导致一个人近视的因素很多，但是自己不注意用眼卫生是不可忽略的一个因素。我们既要看书完成家庭作业，又要确保自己视力正常。

爸爸特别羡慕一些户外运动达人，身强体壮，戴着太阳镜，穿着冲锋衣，攀登雪山，穿越沙漠……爸爸当然也可以成为那样的人，但若没有近视的话，体验更好。

28."森林"的睡前故事

晚上，我要让森林睡觉，但是知道他不会马上睡着，就逗他玩儿。

"森林？"

"嗯？"

"爸爸给你讲一个故事，好不好？"

"嗯！"

他兴致勃勃地回答。

"你听完故事就睡觉，好不好？"

"嗯！"

他信誓旦旦地答应。

我是奶爸

"从前，有一座城。城里有一条河。河边住着一个爸爸和一个儿子。爸爸有一辆自行车，就整天用自行车带着他的儿子到这儿去转转，到那儿去转转。有一天，儿子被爸爸用自行车带到了河边，望着滚滚的河水自西向东流去，就发出了这样的感叹：大河向东流哇，天上的星星参北斗哇……"

我声情并茂、张牙舞爪地讲着故事。

森林聚精会神地听着故事，默契地微笑着，等到我开始唱起来的时候他就咯咯大笑起来。

遗憾的是我不会唱歌，《好汉歌》都不会唱，但是这并不影响《好汉歌》本身给我们带来的欢乐。

29. 不去动物园

童年时，经常与大型动物长时间近距离接触。

邻居养有黄牛，一有空就去窑洞里看黄牛。窑洞里充斥着牛粪味和青草味，但我不在乎。黄牛卧在石槽后面的地上反刍，看到我来了，不冷不热，微微上下左右晃动着脑袋，继续反刍。静静的我看着静静的黄牛。黄牛的眼睛又大又明亮，我能在黄牛的眼睛里看到我自己的影子以及大半个窑洞的影子。

我对"安详"一词的理解就定格在那样的画面上，直到现在，一想到"安详"，我脑海里就会浮现出自己童年看黄牛反刍的情景。

天气好的时候，黄牛会被拴在户外晒太阳。黄牛懒懒地卧在地上反刍，敏捷地甩着尾巴赶牛虻。我们小孩子会围着黄牛帮助它捕杀牛虻。黄牛知道我们是在帮助它，所以对我们很友善，偶尔用脑袋蹭蹭我们的身子表示亲昵。

我最喜欢看到的事情却是邻居最不喜欢看到的事情。我最喜欢看到黄牛脱缰逃跑。黄牛有时会把缰绳脱开，悠闲地逛荡，一旦被邻居发现就会变得警觉起来。邻居不动，黄牛不动；邻居移动，黄牛移动；邻居快步移动，黄牛快步移动；邻居跑起来，黄牛跑起来，最后我就能看到黄牛在前面疯跑，邻居在后面疯追，惊天动地地从村子这头跑到村子那头，前方坐在大门口说闲话绱鞋底玩泥巴过家家的妇女小孩急忙躲开，后方的男人大呼小叫地让前方的男人把黄牛拦截住。当然，黄牛最后还是被邻居撵回来了。

春天，春暖花开，冰雪融化，我们撒谎给家长说自然老师布置了养蝌蚪的作业，就三五成群去杨家沟的小溪旁边捕捞蝌蚪。未必捕捞到蝌蚪，却发现一只蛇死死地盘缠着一只青蛙，想解救青蛙，就捡起小石子狠狠地砸蛇，砸得蛇都放过了青蛙，还不住手，直到把蛇活活地砸死，还不甘心，有胆大的同学竟然把蛇皮都剥下来了。

现在想想，我们不应该插手食物链。

盛夏，我们乐此不疲地拿凸透镜聚光烧蚂蚁，先一巴掌把蚂蚁拍伤，让蚂蚁动不了，再聚光烧蚂蚁，看着蚂蚁痛苦地挣扎，我们更心狠手辣，尽管时常被祖辈教育蚂蚁是天上雷公的马儿。不一会儿，活生生的一只蚂蚁被烧得蜷曲起来，尸体冒着青烟，散发出一股糊焦味。

这都是孩子们的罪过。

不知道从什么时候开始，就心生怜悯，开始善待动物了。大到大象，小到蜉蝣，都有生命，既然有生命，就有尊严，就得被善待。我上有老，下有小，尊老爱幼，由此及彼我想大象也上有老，下有小，蜉蝣也不例外。我们都是地球上的生物，每种生物都有生存的权利。

我难得去动物园，第一次去动物园，游客给黑猩猩发烟点烟的场景给我留下了深刻的印象。一些禽兽不如的人却往往把自己看待得高贵于禽兽，白天参观动物园，暴力强迫老虎狮子等不习惯白天活动的动物起床活动，以满足自己那卑鄙的猎奇心理。还有一些人，喜欢

我是奶爸

喂食亲朋好友的婴幼儿，不在乎婴幼儿的感受，也不在乎婴幼儿监护人的感受，只要婴幼儿吃得下，就说明婴幼儿喜欢吃，喂食成功，颇有成就感，不在乎婴幼儿后来是否生病。这些人也喜欢喂食动物园的动物，不在乎动物的感受，也不在乎动物饲养员的感受，只要动物吃得下，就说明动物喜欢吃，喂食成功，颇有成就感，不在乎动物后来是否生病。

这样的动物园，我当然不会去，也不会带孩子去。

我愿意蹲下身来陪着孩子观察蚂蚁，告诉孩子这是蚂蚁家族中的工蚁出来在寻找食物。我愿意给孩子饲养一只宠物，照顾它终生，最后和孩子给它举办一个葬礼。我愿意给孩子饲养一匹马，傍晚骑马游荡在洒满夕阳的田间小路，告诉孩子，人比马匹小得多，但是可以驯服马匹。我愿意在盛夏的夜晚陪着孩子在青灯下阅读，等待一只昆虫飞到我们的书页上，迷茫地爬行几步，再匆忙飞走……

30. 不要占便宜

　　正常人的生活必需品不多，一日无非一口饭，一件衣，一张床，再奢侈点儿，一本书，足够了。

　　但是，每天很多无用的东西扰乱着你的心智，你得慧眼识别，千万不要占便宜。

　　早晨，你去超市买蔬菜的时候，挨个儿拿，避免挑三拣四，是的，以次充好的无良商人不少，你得尽力保障自己的权益不要受到侵害，所以可以挑三拣四，因为超市提供的蔬菜有次品。但你千万不要在蔬菜摊位上择菜，那是很缺德的行径，不要觉得没有人指责你，不要觉得你占了便宜。

　　中午，你从街上走过，有商家在搞促销活动，你留下电话号码，送你气球，你扫二维码关注他们的公众号，送你口杯，你买东西，送你鸡蛋。无论干什么，不要忘记你的目标，不要被气球、口杯和鸡蛋迷失了自己。你需要气球，可以去玩具店用自己的钱给自己买，需要口杯，可以去超市用自己的钱给自己买，若足够热爱生活，还可以去陶艺馆亲手给自己制作一个，需要鸡蛋，可以去生活气息浓郁的菜市场购买，跟商贩讨价还价，关心粮食蔬菜的价格，若足够热爱生活，甚至可以在适合养鸡的地方给你养鸡生蛋。

午饭时间你偶尔去餐馆打包，你若有餐具，就请拒绝卖家提供给你的餐具，哪怕那筷子有多么精致，在我看来你最好去的时候连自己的碗都带着，让厨师直接把午饭盛放在你自己的碗里。记住，你买的是饭，而不是花里胡哨的包装——但若果真图包装的话，那就另当别论了。

你渴望得到一些东西无可厚非，你为其努力奋斗而最终获得是一件幸福的事情，但是请你不要占便宜。欺骗童叟，不劳而获，占了便宜，但是你会心神不定。考试作弊，获得高分，占了便宜，但是你会忐忑不安。与人吵架，恶语伤人，占了便宜，但是你会六月寒冷。横穿马路，弃人行道而不用，节省了所谓的时间，占了便宜，但是你在与死神并肩齐行。路过转盘，你择劣弧驾驶，看似节省了路程，结果逆行使你进退维谷……

森林，欲速则不达是颠扑不破的真理，而占便宜是违背这个真理的。当一个人把生活的便宜占得足够多时，生活就会给习惯占便宜的他开通走向坟墓的捷径，请他走个捷径，占个便宜。

森林，爸爸原来给你说过，这个世界上有免费的东西，但是不多，所以不要老想着占便宜。

愿你生活得简单和轻松。

31. 森林，爸爸为什么
不给你买生日蛋糕

森林，爸爸为什么不给你买生日蛋糕？你听爸爸说。

每个人都有生日，爸爸也不例外。爸爸小时候生日当天，爸爸的奶奶做饭的时候顺便给爸爸一个人或蒸或煮一个鸡蛋，其他人则没有，表示爸爸因为过生日而变得有特权。

在很长的一段时间内，爸爸对于生日的认识就是吃鸡蛋。

再后来，爸爸过生日的时候，你的奶奶——就是爸爸的妈妈当天会做可口的饭菜吃。当然，饭菜是大家一起吃的。

我是奶爸

　　我上初中了，生日当天不逢周末，该干什么还得干什么——森林，平凡、默默无闻绝对是生活的常态，就像地球的旋转一样，地球不会因为自己伤心就驻足不前，也不会因为自己开心就加速驰骋，时刻平凡、默默无闻地生活工作着，但每天活力四射。

　　中午放学了，恰好逢集，爸爸就在集市逛逛，拿零花钱给自己买一盘自己喜欢听的磁带，算是送给自己的生日礼物。科技发展太快，磁带和录音机都淘汰了，但是美好的回忆愈发珍贵。

　　一些孩子依然颠覆了爸爸对生日的认识。英语课本中的韩梅梅、李雷、露西和莉莉……经常搞生日派对，提前打电话邀请朋友，朋友准备生日礼物，丝毫不回避家长和老师。家长和老师竟然不但不反对而且还支持！

　　上高中了，爸爸所待的学校对学生聚众庆祝生日的违纪行为严厉打击。哪里有压迫，哪里就有反抗，正是在高中，爸爸首次尝到了生日蛋糕的味道，爸爸才知道原来生日蛋糕不光是用来吃的，还可以用来打仗，像打雪仗一样打仗，爸爸才见识了原来我们也可以搞生日派对，场面远比韩梅梅、李雷、露西和莉莉整得隆重，不亚于农村红白喜事的宴席。

上大学了，生日聚会多数成了应酬。爸爸受邀去酒店吃过饭，也去 KTV 给同学或朋友庆祝过生日，不愿意去时或抽不开身去时，选个礼物交给或转交给过生日的同学或朋友。但爸爸始终认为生日是一件很私人的事情，无需张扬得众人皆知，自己生日时，深夜邀请一两个好友，花三五块钱，点几杯"老爸茶"，沐浴着热带海风，惬意地谈天说地，旁人不知道那天是爸爸的生日。森林，事实上，那些好友如今依然与爸爸有联系，不是兄弟，胜似兄弟。

爸爸一离开大学就去幼儿园了，在幼儿园待了整整两年，吃了不少生日蛋糕。孩子过生日，家长就给送蛋糕，美其名曰让孩子和小朋友分享，似乎是在竞争，从便宜的到昂贵的，从小的到大的，从一个到两个，再从普通的到名牌的，我看这风气不好，但是又不能强行阻止，家长说的比唱的还好听。孩子固然吃不完也不敢让吃完这么多的蛋糕，我们老师就跟着沾光了。

现在，看着一群长辈小心翼翼、蹑手蹑脚、低声下气地围着一个懵懂无知、头戴王冠、面对插有蜡烛的生

我是奶爸

日蛋糕、双手合十、双目微闭许愿的小屁孩的画面我特别揪心。我理解长辈对孩子的疼爱，但是对他们这种行为却嗤之以鼻。

森林，对中国人来说，生日蛋糕是舶来品，至于详情，你自己去查找资料吧。

森林，爸爸不给你买生日蛋糕并不代表你就吃不到蛋糕。在另外一些特殊得值得纪念的日子里，爸爸会帮助你制作邀请函，邀请你的小伙伴来家里做客，还会帮助你布置客厅等等，可能会送你一个大大的蛋糕请你跟小伙伴一起分享。

森林，中国人传统上对小孩生日的处理是很低调的，否则容易折福。

森林，总之你休想爸爸给你买生日蛋糕！

等你上大学了，远走高飞了，过生日时，你和你的"狐朋狗友"爱咋整就咋整，不过爸爸相信那时候的你已经有属于自己的价值观了，应该不会胡整的，我拭目以待。

32. 森林，爸爸为什么要给你起名叫"森林"

森林，我们都必须面对一个事实：有朝一日，爸爸会离你而去，不知道具体是哪一天，但那一天肯定会来，只是时间问题。在这有限的时间内，那就让我们努力地尽情享受天伦之乐吧！爸爸没有万贯家财，也没有万亩良田，但有一个无形的东西可以送给你。它就是你的名字——森林。

爸爸为什么要给你起名叫"森林"？听爸爸说来。

关于起名的文化，细究起来，博大得很，精深得很。但是现在鲜有人细究，既然鲜有人细究，那咱们干脆就不讲究了，免得猥亵文化，对文化一知半解，了解得满瓶不响、半瓶晃荡，最后还招人鄙视。平日不读书，都不知道五行的"行"字怎么读，给孩子起名时却人模人样地开始细究了。森林，平日多读书就会避免成为这样的人。爸爸不懂五行，所以给你起的名字与五行无关，即使有积极关系，那也是瞎猫碰到死老鼠了。

听流言，而且愿意相信是流言，两个字的姓名上不了户口。爸爸对此不愿做过多评论。连名带姓，你的名字刚好三个字。

你的名字与众不同。名字中有"森"字的人不少，有"林"字的人也不少，但是名字叫"森林"的人就不多了，你就是其中一个。行行出状元，无论贫富，爸爸希望你以后能在自己所从事的领域有所建树，让你的名字因你而与众不同，而不是让你因你的名字而与众不同。

森林是人类的好朋友。人类为了让自己认识到保护森林的重要性，就给自己设立了不少节日，比如植树节和森林日等等。这些节日都在三月，西北的三月春风和煦，雾霾消散，阳光明媚，万物复苏，生机勃勃……这些全都是能给人带来美好希望的大自然馈赠，爸爸希望你能珍惜它们，热爱它们，感恩他们。在这颗美丽而又神奇的星球上，尽管森林资源被人类不断消耗着，但依然有许许多多著名的森林，比如国内的大小兴安岭森林、西南横断山脉地区的森林和东南地区的森林等等，国外的有德国的黑森林、非洲民主刚果的森林以及巴西的热带雨林等等，它们都博大、深邃、富饶、低调而且活力四射。身为森林，爸爸相信你也会努力地学习它们的优点。心情不好的时候，随便去一个森林散散心，大自然会让你觉得所有的人情世故都是过眼云烟。

森林是爸爸的网名，爸爸很喜欢森林，也很喜欢这个网名，就将自己很喜欢的东西送给你了，就这么简单。有时，生活很简单，简单得让人难以置信，但的确如此。

森林，你得做好准备，一些无聊的人会拿你的名字开玩笑，比如会叫你"树林"或"五木"等等。让他们去叫吧！

33. 察言

森林，爸爸今天跟你聊聊察言。

"察言"取了成语"察言观色"的前半部分。爸爸为什么不直接取成语"察言观色"呢？因为"察言观色"更多时候是一个贬义词，意味着溜须拍马、阿谀逢迎、见风使舵。爸爸当然不希望你成为那样的人，只希望你生活得简单坦然，但是见贤思齐的确是一件很快乐的事情。

爸爸通过自身的几个经历，告诉你有礼貌地说话是多么舒畅的一件事情啊！

有一次，爸爸在一家餐馆吃饭。一个中年男子走进来，告诉服务员来一份蛋炒饭。服务员为了确认中年男子点的饭食，就反问中年男子是不是要一份蛋炒饭。中

我是奶爸

年男子很严肃地给服务员纠正了她的表达，说是点了一份蛋炒饭，不是要了一份蛋炒饭，还抱怨自己又不是叫花子。森林，你当然可以觉得那中年男子是在咬文嚼字。但是爸爸觉得他说得有道理。

森林，我们下拥挤的公交车的时候，需要请前面的人为我们让路是很常见的事情。

"让我过去一下。"

后面的乘客常常这样告诉前面的乘客。

这是一种很不礼貌的表达。爸爸承认自己之前也这么要求过前面的乘客。

"借过！"

直到爸爸有一次听到后面的乘客这样给前面的乘客说话，而且打心眼里佩服后面的乘客，光打心眼里佩服意义不大，所以就向人家学习了，后来就很有礼貌地说话，刚开始有一点点害羞，有一点点不好意思，再后来就成习惯了，就成自然了。

"我老婆。"

对别人这样提及自己的太太当然没错，但是有时候这种称呼难等大雅之堂。

"您稍等一下。我问一下我太太。"

这是爸爸曾经在一家酒店前台听到一位先生跟服务员说的话，至今难忘。见贤思齐，在一些场合爸爸就把妈妈称呼为太太了。太太是敬语。爱妻子当然得尊重妻子，你自己尊重妻子了别人才会尊重你的妻子。

当然，还有不胜枚举的例子，这些只是爸爸的经历，希望起到抛砖引玉的作用。森林，你当然可以通过学习通晓黑话俚语以及方言，但是你得尝试着拿敬语去说话，眼观四路，耳听八方，可以向你周围你佩服的人学习。我们虽然生在不同的家庭里，活在不同的环境里，但是我想对真善美的追求应该是无条件的吧。

34. 敬畏门

森林，课间休息的时候，法力无边的班主任老师没有在场布阵作法，爸爸这些十岁左右的学生就在教室群魔乱舞了。爸爸法力不及班主任老师，降服不住他们，就只能静观其变。他们疯狂地把教室前后门弄得噼啪响。爸爸只能保佑他们的手指不要被夹到。

爸爸和你聊聊门的事情。

我们得对门充满敬畏之心。

门是建筑物和车船飞机等交通工具上的通道。门平日默默无闻，被人熟视无睹，但危急时刻，门足以成为生死之门，主宰人的生死。好端端的一扇门，地震时，地壳剧烈运动的力量足以让建筑物发生形变，门自然难逃此劫。你就是死活都打不开，尽管知道打开门就可以

我是奶爸

冲到相对安全的户外去。

你看电影《泰坦尼克号》，海水灌进船舱的时候，主人公和一群人想冲到高处去，但是一扇栅栏门挡住了他们的去路。对于门的另一侧，他们真的可望而不可即。火灾现场，多少惊慌失措的人在寻找逃生门，只要通过那扇门，他们呼吸到的就不再是令人窒息的烟雾了，而是甘甜的空气，裹挟他们的就不再是炽热的烈火了，相反他们会被灿烂的阳光所拥抱。可惜有多少人永远都无法通过那扇门。

秦琼和敬德是中国人所熟知的两位历史人物或神话人物。传说李世民玄武门之变杀兄杀弟，又杀死十个侄子，因为心中有愧，夜间常做噩梦，便让秦琼和敬德这两大猛将守卫在自己寝殿门口，各路冤魂从此不敢来侵，流传到后世，他们二人便成为老百姓看家护院的门神了。每到过年，我们就要往门上贴门神，以使他们保护家人平安。门外鬼怪作祟，门内枕稳衾温。

总之，一扇薄薄的门，可以把天与地隔开来。爸爸开车的时候，有乘客经常坐在爸爸的副驾。乘客想摇下车窗玻璃，不问爸爸控制车窗玻璃的按钮在哪里，直接去拉车门上的开关，因为他们认为那就是车窗玻璃的开关。他们的举动吓得爸爸浑身冒汗，因为那不是车窗玻璃的开关，而是车门的开关啊！高速行驶的汽车内部安全舒适，可一旦打开车门，后果将不堪设想。

极端的说法，一扇薄薄的门，可以把生与死隔开来。爸爸和妈妈在泸沽湖畔旅行，去了当地摩梭人的家里，对房间内一扇小小的木门产生了兴趣，被告知那是通往一间斗室的门。只有女人分娩或老人去世入殓时才能打开那扇门，使分娩或入殓在斗室内进行。那扇门只跟生死有关，多像生命的轮回之门啊！初次出入不知晓，再次出入已是诀别之时。

森林，人类社会还有一种无形的门，叫"后门"。走后门可以扶摇直上，但是你会心神不定；不走后门，你可能会累得气喘吁吁、汗流浃背，但是内心从容不迫，就仿佛你登上高山极目远眺，心胸豁然开朗一样畅汗淋漓，心旷神怡。

所以，森林，课间不要玩弄教室的门，喝完水上完厕所，准备好下节课的上课用品，把爸爸写给你的书拿出来阅读吧。你们老师会钦佩你的，也会感谢爸爸的。

35. 一双被实施"安乐死"的鞋子

端午节那天，阴雨。

一双看起来几乎全新的特步运动鞋之前就被我上了油，擦得黑亮黑亮，摆在鞋架旁。我出门的时候，小心翼翼地提起鞋子，出门后，恭恭敬敬地放进了垃圾桶。我认为自己是给鞋子实施了安乐死，让鞋子体面地离去。

其实，那双鞋子已经被我穿了四五年了，很老旧了，先换了鞋带，鞋底花纹磨平了，鞋跟磨出了洞，填充在鞋后帮里面的海绵也破了丢了，走起路来磨损得跟腱痛。穿还能穿，但我决定不穿了，不想让鞋子老得那么难堪。

在这双运动鞋之前和之后，我各有一双运动鞋。

我是奶爸

大概上高二的时候，平时很少给我买衣服的父亲突然给我买了一双白色特步运动鞋。我舍不得穿，一直到高中毕业，南下上大学的时候才穿上了那双崭新的运动鞋，松软如棉，轻盈如飞。我上体育课打乒乓球或打排球，它陪伴着我。我在操场跑步，挥汗如雨，它陪伴着我。我登五指山，它陪伴着我。染在它上面的泥巴都是红土泥巴。它的壮举是陪伴主人完成了环岛骑行。

我大学毕业了，参加工作了，它"寿终正寝"。

领到第十三个月工资，我想给自己和女朋友买情侣运动鞋，找父亲给我买的同款，费了九牛二虎之力都没有找到。特步不断推出新产品，停产旧产品。在某些时候，在某些方面，我更愿意用自己独有的速度去生活，所以经常感叹社会疯跑得太快。最后，我买了两双新款的情侣特步鞋。

沾染在这双鞋上面的泥巴大概少一半是红泥巴，多一半是黄泥巴。它的壮举是陪伴主人从陕西自驾到过云南，还徒步穿越过杨家沟。

再结实的汉子也有倒下的时候，再华丽的鞋子也有黯然失色乃至行将就木的时候。

两年前，我生日前夕，太太送给我一双安踏运动鞋。因为我的第二双特步运动鞋的"阳寿"还未到，我就一直穿着，打算选一个特殊的日子，穿上太太送我的安踏运动鞋，再给我的第二双特步运动鞋实施安乐死，最后把日子选在了端午节那天。

那天，我穿着安踏运动鞋回老家了，次日把摩托从老家骑到西安来了。

明年，我想穿着太太送我的安踏运动鞋，骑行到珠穆朗玛峰大本营，应该可以的。

一双双普普通通的鞋子，若被赋予生命，就有了生命。

36. 这是我对吃的看法

森林，爸爸今天很严肃地跟你说说我对吃的看法。当然，你可以保留自己的观点。

将来，你若不是厨师或不从事餐饮方面的工作，我建议你不要把太多的时间与精力花费在食物的研究上。人吃是为了活着，但活着不是为了吃。

你还是一个新生儿的时候，你的食物自然是母乳。几乎每个人都吃过母乳，爸爸也不例外。一次偶然的机会，爸爸尝过你吸吮的母乳。对味蕾被刺激过几十年的爸爸来说，母乳本身是食之无味的。但这并不代表母乳就没有营养，恰恰相反，对新生儿来说，母乳是最富有营养的食物。断奶之后，你不挑食，给什么就吃什么。你的表现让我们所有人感到很欣慰。森林，多数人平常所吃食物当中的多数调料并不是身体必需品,而仅仅只是为了满足味蕾的欲望。可是味蕾的欲望是贪得无厌的,永远无法被满足。我们如果只是一味地满足味蕾的欲望,最后就会导致自己辨别食物本来味道的能力降低以及体质变差。森林,在你以后吃饭的时候,有人肯定会给你吹嘘他多能吃辣椒,他的酒量有多大,你笑笑就好,不要认为他们很勇敢,不要认为他们是英雄。当然,爸爸的意思不是让你吃食之无味的食物,饮食像苦行僧一样,保护好你那些包括味蕾在内的感觉器官,你就能尝到别人尝不到的味道,食物的味道、生活的味道。

森林,但是在家里的厨房你爱怎么折腾就怎么折腾,可以尝试着烹饪美味佳肴。这是热爱生活的表现。

接着,我说说夹菜劝饭。别人给我夹菜,我说谢谢,也不拒绝,但是不会给别人夹菜。别人喜欢吃的菜,别人自然认为好吃,所以就夹给我了,但是我未必喜欢吃这菜。这让我很尴尬。我喜欢吃的菜就在碟子里,但是我不能去夹。为什么?我得先把别人夹给我的菜吃完啊,很痛苦地吃完了,结果发现我喜欢吃的菜也被其他人吃完了。如果没有公筷的话，一些人是很反感别人拿私筷给自己夹菜的。我使用筷子的技术不怎么好，就会放弃夹诸如粉丝之类的菜，但是别人看到我不夹菜，就以为怎么了，便夹菜给我。其实，我没怎么，只是放弃了吃一道菜而已。夹菜是一种很奇妙的社交手段，用得好，如鱼得水；用得不好，尴尬不已。我不会玩这东西，所以就不给别人夹菜。当然，给无自理能力的儿童和老人夹菜不在此讨论范围。

森林，无论怎么样，你要理解劝你吃饭的人。只要风调雨顺，国泰民安，后面就不会再有人劝你吃饭。森林，纵观人类史，人类饿着肚子的时间绝对占多数。森林，你要体会到夹菜劝饭背后那浓浓的情谊。

"我不喜欢吃青菜。"

"这青菜真难吃。"

森林，你能发现这两句话的区别吗？第一句话食客是在说自己的喜好，与青菜无关。第二句话食客是在否定青菜的口感。我们谈论自己的口味无可厚非，但是不要轻易对别人的食物指手画脚。你不要认为甘旨肥浓就是所谓的上等食物，也不要认为粗糠糟粕就是所谓的下等食物。食物没有贵贱之分，都是来自大自然的馈赠。贬低他人的食物以标榜自己高贵的人是缺乏教养的。世界遍地都有人，有人就得有食物，当你读过万卷书行过万里路之后，你就不会对赫哲族人生吃鱼肉而有非议，也不会对藏族人在雪顿节对酸奶的极度喜爱而有非议了。

森林，据说一个人一生所吃的食物是一个定数，吃完就走了，早吃完早走，晚吃完晚走。反正我相信，你相信吗？

37. 床

　　亲爱的森林宝宝，你是一个从无到有的人——其实不光是你，每个人都是。还没有你的时候，爸爸和妈妈在谈恋爱，当时已经谈到你了，所以在结婚买床时，我们就买了一张很"辽阔"的床，已经给你预留了睡觉的地方。

　　你来到人间的第一张床应该是妈妈的产床。详情我不清楚，你感兴趣的话可以问一下妈妈，因为产床在手术室，医生和护士把你从妈妈的肚子里迎接出来的时候，爸爸在手术室外面期待美好的事情发生：医生或护士突然打开手术室的门，邀请爸爸目睹爸爸和妈妈共同的孩子——你的诞生，而不是妈妈被送进神秘的手术室，爸爸紧紧地攥着手心湿漉漉的拳头，心中祈祷一切

我是奶爸

平安……爸爸见不到要生你的妈妈，感觉把可怜的妈妈的性命交给了虚无缥缈的佛祖，非常愧对于妈妈。这是爸爸很难接受的事情。托福你们母子平安，但不是所有的母子都像你们一样幸运。

你的第二张床就是医院的新生儿床，用铁焊制的，坚固有力，带有轮子，活动方便，刷有油漆，但是漆层已经脱落。森林，其实你不知道，当时你的床头还待着一个考拉毛绒玩具。那是你人生第一个玩具，你一出生就有属于自己的玩具了，你一进病房它就望见你了，然后静静地陪着你。它漂洋过海来自南半球的澳大利亚。森林，其实，很多人和物都深深地爱着你。眼睛尚未睁开的你一动不动地躺在里面，小心脏跳动着，轻轻地呼吸着，偶尔尖锐地哭几声，刷一下存在感，让人不得不感叹生命的神奇！这期间你吃奶的时候还借宿了一下妈妈的病床。

你的第三张床应该就是爸爸和妈妈结婚的时候买的床，也是你目前为止睡得最频繁的床。如今，辽阔的床对已经长大的你来说显得非常局促，不够你跟跟跄跄地跑几步，不够你欢快地打几个滚儿，也不够你无拘无束地翻几个跟斗……你睡觉的时候，时而双手举起贴着床单作投降姿势，时而俯身把自己香甜地埋在床上，时而把腿脚搭在爸爸的肚皮上放荡不羁地瘫躺着。床对你来说，没有头尾前后左右之分，你可以各个角度地旋转睡觉，在梦中的你可以一翻身重重地给爸爸一个巴掌，在梦中的你可以一转身把像榔头一样有力的脚丫子重重地砸在妈妈的脸上。

森林，除了这些床之外，你还住过很多床，比如黄疸严重时住过一夜保温箱，还有爸爸低价给你买来的二手婴儿床等等，未来，你还要住许许多多的床，比如树屋的玩具床，学校的上下铺床，露营时的帐篷甚至病床等等，所以单纯统计床的数量是毫无意义的。但是床因为睡觉而变得有意义，睡觉又因为能获得休息而变得有意义。森林，人因为累才休息，人有时候会很累的，身心疲惫，需要好好地休息，需要一张舒适的床。

森林，人不能同一时间睡两张床，爸爸愿你未来睡的每一张床都是舒适的。森林，愿你日出而作，日落而息，尽管身心疲惫，但睡在舒适的床上，美梦之后，祛除所有的不快，推开窗户，永远鸟语花香，永远神清气爽……

38. 汽车的故事

　　森林，关于衣食住，爸爸通过《一双被实施"安乐死"的鞋子》《这是我对吃的看法》以及《床》等几篇文章跟你谈过了。今天，我想借助这篇文章跟你谈谈"行"。

　　无论如何，你得明白，关于交通工具，自行车是人类迄今为止发明的最完美的机器。它以最环保的方式把骑行者的力量给扩大了无数倍，合作如此默契，而且如此亲民。在这点上，没有任何一种交通工具可以超越它。

　　森林，你不要觉得车手飙车很有能耐。那不是车手的能耐，而是燃油的能耐。燃油是由古生物的遗体演变而来的。生命燃烧的火焰当然是最旺盛的。你若真的有能耐就把自行车骑快一点儿，在确保别人和自身都安全的前提下，能骑多快就骑多快。

森林，大约二十年后，你也可以考取驾照了。或许那时候公共交通已经相当发达了，但是我想私家车依然会很多。因为对很多人来说，汽车还是身份的象征，不管开不开，总得有，最少一辆。

森林，车是有生命的，准确地说，车是有灵性的。它虽然不会言语，但是会像战马一样对主人忠诚耿耿。你爱它，它也爱你。爱车不是把车装饰得花里胡哨，而是你得把它当神一样对待，但并不要求你逢年过节给它上香磕头作揖，只要常怀敬畏之心即可。它不嫌脏，满身泥巴是它越野的见证；它不嫌累，引擎轰鸣是它力量的试炼。它最害怕它的主人目空一切，嚣张跋扈。若这样，它愿意与主人同归于尽。

森林，你要遵守规则。法律禁止酒驾就不要酒驾，法律禁止毒驾就不要毒驾。作为司机，你上车后的第一件事就是系好安全带。有很多司机没有系安全带的习惯，原因很多，也很复杂，但是那是别人的事情，你只能做好自己。作为司机，你系好安全带后，有义务也有权利要求你车上的其他乘客也系好安全带。汽车驾驶是公路上的一场游戏，既然是游戏，就有规则；既然有规则，玩家就得遵守，否则游戏根本玩不下去。森林，车灯是无声的语言，你得发现它的魅力所在。爸爸始终喜欢夜里独自一人听着轻音乐驾驶在高速公路上，可以安静地专注开车，用合理的灯光与其他司机沟通。那种感觉真的很美！森林，你遵守交通规则，全世界都会为你让路。

森林，让你的车子变得高贵起来。是的，相信你的车子可以变得高贵，因为你。路况是很复杂的，和生活一样复杂，路上形形色色的行人和司机都有，闯红灯的、高速公路上掉头的、隧道不开车灯的、酒驾的甚至毒驾的……都能与你擦肩而过。你得像绅士一样礼让他们，退一步，真的会海阔天空。一些司机不礼让行人和车辆是他们把所谓的面子看得太重了，觉得踩个刹车踏板或挂个倒挡是一种耻辱。森林，在爸爸看来，几乎所有的交通事故都是可以避免的。森林，你知道吗？在斑马线前面，你停下车子礼让行人，望着行人缓缓地过马路，那种感觉是很美妙的，你觉得自己浑身充满正义。那种感觉就是幸福的感觉。尽管你的车子可能很廉价，但是那时候它胜于任何豪车。

森林，你得多阅读。是的，阅读跟驾驶也有关系。当你知道离心力和向心力的时候，你就知道自己转弯时该走哪条车道比较安全了。当你知道雪崩产生的原因时，在一些路段你就不会胡乱按喇叭了。当你知道伯努利原理的时候，你就知道超车时应该注意什么了……当然，这个需要悟性。我希望你有这种悟性。

森林，你得苦练习车技。驾驶是一门技能，既然是一门技能，那就可以通过练习提高。爸爸不希望你在人前炫耀你的高超车技——除非你是专业赛车手，只是它能帮助你应付各种复杂路况。

森林，不要制造交通事故，但若一旦卷入交通事故的话，也不要害怕，有事情解决事情。

最后，爸爸祝你一路平安。

39. 说谢谢

据说，在英语当中，"谢谢"是使用频率最高的一个词。

一些国人没有说谢谢的习惯，尽管身处礼仪之邦。

我发现了好多关于说谢谢的有趣的文化现象。

一些国人拉不下来面子给别人说谢谢，感觉给别人说谢谢是自己低等下贱的表现。一些父母不会给孩子的老师说谢谢，但是当着孩子的面很容易解决这个问题，将这个在自己看来很棘手的问题抛给孩子。

"给老师说谢谢。"

一些父母一般会当着孩子和老师的面这样要求孩子，而且语气严厉，以显示自己身为父母的威严，等孩

我是奶爸

子给老师说过谢谢后，便得意洋洋，自己赚足了面子，显摆自己家教有方。殊不知，其实你的孩子难成大气候，父母是孩子的第一任老师，而你的孩子碰到的第一任老师未必是合格的老师。老师心里是这么想的，但是鉴于面子，不可能说出口。

一些国人很精明，得把谢谢说到明处，不能自己说了谢谢对方竟不知道。

"谢谢啊！"

说谢谢就说谢谢嘛，为什么还要在后面加个语气词呢？如果只说谢谢，没有语气词，那对方因为走神而没有听到怎么办？自己岂不是吃哑巴亏了？所以那个语气词能增加句子的长度，提醒对方不要走神，注意接收我的谢谢。

一些国人把谢谢看得弥足珍贵，自己的谢谢就是自己的谢谢，别人的谢谢就是别人的谢谢，千万不能混淆。

"谢谢！"

"你谢我干吗呢？我应该谢你才对。"

国人对这样的对话毫不陌生。显然，谢谢已经成了第一个说话者的口头禅，可以脱口而出。第二个说话者往往缺少给别人说谢谢的习惯，常常对人怀有警惕之心，习惯把自己封闭起来，偶尔接收到别人的谢谢时便受宠若惊。

封建社会森严的等级制度、过度重视面子的民族嗜好以及一段特殊的历史让说谢谢在我国变得如此奇葩。

无论如何，我们得把说谢谢当成一种习惯，而且还要以身作则地去影响我们的后代。

40. 孩子，这些纸你拿去用吧

上个星期的某一天，期中考试，我监考四年级的某一个班。

一个男孩儿引起了我的注意。

我字写得丑陋，但喜欢纸张，在学校工作，跟纸张接触得多，见了与众不同的纸张不免会多看几眼。一个男孩放在桌面上的几张漂亮草稿纸引起了我的注意。我拿起来看了看，80克的A4纸张，洁白如雪，光滑如丝，边沿锋利得可以当刀刃使用，通过识别标识，知道是某家汽车销售公司的信笺。我仔细一看，发现好几个孩子桌面上都摆有这种华丽得近乎奢侈的草稿纸。最后，在一个男孩儿的桌面上发现了一沓这样的草稿纸。显然，草稿纸是属于这男孩儿的，考试前，大方地赠送给向他讨要的同学了，来者不拒。男孩儿有家人或亲戚应该在某家汽车销售公司就职，拿了自己的办公信笺回来给男孩儿使用。

我小时候也有过上述男孩儿的经历。我送同学的纸张有两个来源。

一个是亲戚送的，各种各样的纸，有的是横格、有的是方格、有的是米字格，还有的没有格子……这些纸张很稀罕，在我们村买不到，在镇上买不到，在县城应该也买不到……我会大方地送给我的好朋友。这被有些同学看到，也会过来向我讨要。我也会毫不吝啬地送给他们。当时的我还是彻头彻尾的差生，见到平时都不怎么搭理我的学习尖子突然过来也向我讨要纸张，受宠若惊，激动得颤抖着双手把纸张呈给他们。

另外就是我买的纸张。到现在，我依然不知道那种纸张的名字，16开，白色的，又薄又轻，现在市面上已经很少见了。反正我们当时把那种纸张叫"考试纸"，因为我们每次考试都用那种纸张。考试纸一分钱一张，一块钱一百张，我都是一百张一百张地买，就是一刀纸。怕商店店主给的纸张不够，和小伙伴买了纸张，就跳上去坐在他们的柜台上当着店主的面一张一张地数，直到数够一百张才开心地离开。在店主那里锱铢必较，在同学面前却大手大脚，开考前，这个借我两张纸，那个借我两张纸……我一幅"我泱泱天朝地大物博"的样子，佛祖一般慈怀地把纸张散给他们，尽管知道那种借是有借无还的借。

我喜欢纸张，森林耳濡目染，肯定会见识到很多纸张，也会拥有很多纸张，上学后估计会一幅千金散尽还复来的样子，把自己的纸张比我更大方地散给他的小伙伴们。

"孩子，这些纸你拿去用吧！"

我会给儿子一些纸张让他拿去挥霍，尽管有些浪费，但是很难避免，愿他日后能为人类创造财富，以赎他浪费纸张之罪。

41. 送你一个打火机

　　我不吸烟也不喝酒，但若一有机会站在商场烟酒专卖店的玻璃柜台旁边，就会静静地欣赏五颜六色形态各异的打火机。老板笑嘻嘻地问我要啥。我笑嘻嘻地答我不要啥，就是看看而已。

　　我身边的人真有趣！他们想向我借打火机，不直接问我有没有打火机，而是问我吸烟吗。我回答不吸烟，他们自信而又不屑地对我说，那你肯定没有打火机。其实他们说对了，我多数时候都没有随身携带打火机。或者，我偶尔给他们提供打火机，他们惊讶地反问我，你吸烟？我说我不吸烟。那他们就质问我不吸烟装打火机干吗。我不吸烟难道连打火机都不能装了吗？我喜欢打火机。

　　打火机在我心目中有非同寻常的意义。我一定要买

我是奶爸

一个并不昂贵但一定精致的打火机送给儿子。

　　我不知道地球上有人类后的第一缕火苗是怎么出现的，或许是闪电引燃了森林，或许是火山喷发时炽热的岩浆引燃了森林，也或许是陨石撞击地球时的摩擦生火……我想那时候的森林火灾一定是一件非常壮观的自然现象或灾害吧。熊熊的大火不分昼夜地燃烧，浓烟滚滚，烧得森林啪啪响，木材燃烧的芳香味与动物遗体燃烧的糊焦味混迹在一起。大风刮来，远离森林的下风向的空气都是炙热的。我们的祖先可能离开森林四处逃逸，跨过江河湖泊隔岸观火，拍手跳跃欢呼。

　　大雨终于浇灭了明火，尽管可能有人员伤亡，但是森林火灾还是给予了我们祖先以生活启迪。对人类来说，熟的肉毕竟好吃，吃了毕竟舒服。夜晚，原来火光可以把周围照耀得如同白昼，方便活动。火还可以驱寒，可以驱赶甚至可以制服飞禽走兽。偶然的机会，我们的祖先采集到了火苗，小心翼翼地守护着，决不能让这火苗熄灭，熄灭了就得再等待时机采集，就像父母小心翼翼地守护着自己的新生儿一样，决不能让这新生儿夭折，夭折了就得再怀孕分娩。

人类文明丰富后，火也随之变得复杂起来。

普罗米修斯教完人类如何生活之后，又冒险盗取了人类文明所需要的最后一物——火，最后遭到惩罚，所以被人类永远同情和感激。人类的文明离不开火。

火也是恐怖的东西。无论是在古代冷兵器时代，还是现代核战争的时候，火始终被当成所向披靡的武器。火烧赤壁使孙刘联军以少胜多，让曹军损失惨重。海湾战争期间，烧油放火的政策让大海变成了名副其实的火海。美军的燃烧弹使烈士邱少云忍受了我们根本就无法体验的痛苦后壮烈牺牲。

我们都期待和平，战争终究是残酷的。要求停止一切战争的奥运会令人肃然起敬，奥运圣火更是令人顶礼膜拜。它是光明、团结、友谊、和平和正义的象征。

纵观人类历史，人类没有任何时候用火像我们如今这么便捷。

小小的一个打火机，是科技的小玩意儿，却凝聚着人类的用火文明，我当然得送给儿子一个，但前提是他得会使用灭火器。这样他就不会"玩火自焚"了。

42. 森林的应急包

　　与太太商量好了，森林再稍微大点儿的话，我要给森林装备一个耐磨的帆布包，里面装上微型灭火器、手电筒、备用电池、打火机、刀子、哨子、绳索、矿泉水、压缩饼干以及他特别喜欢的一本书……放在家中一个相对固定的地方，非紧急情况不得使用，定期检查物品的性能并更新矿泉水和压缩饼干。森林若要长时间外出，可以携带帆布包置于触手可及处。

　　这就是森林的应急包。

　　天灾与人祸随时有可能发生，我们防不胜防，所以就给森林准备了应急包，认为应急包比护身符更实用。

　　我们虽然知道运动是绝对的，却总认为自己脚下的这片地壳静止不动。我们虽然知道地震随时可能发生，却总侥幸地认为地震永远发生在国外，即使发生在国内，也不会发生在自己所待的地方。地震真的发生了，我们才意识到：哦，原来地震就在我们身边。身为人，我们得有自知之明，不要妄自菲薄，也不要目空一切，要客观认识我们与自然的关系。面对地震，我们还不能像预报天气那样准确地预报，但是我们可以通过发展科技和不断演练把伤亡降到最低。地震真的发生了，我们都是灾民甚至都是被困者，都需要帮助，但是受助的前提是自助。那时让自己努力地活下来就是自助和受助的目的。应急包或许能帮到我们，或许帮不到我们，我不敢打包票。

我们总是傻乎乎乐呵呵地生活着，把不少希望寄托于电，因为我们的生活的确离不开电了，日常居家，大到食宿，小到娱乐，都需要电能作为动力，饱暖之后，抱着手机，就感觉岁月静好。一旦停电，我们一边喊爹骂娘一边翻箱倒柜地找手电筒、打火机和蜡烛……我只是希望森林能够居安思危，有危机意识地生活着，一旦停电，会淡定地走向应急包，取出他所需要的物品。

我们对美好的生活过度憧憬，导致沉醉其中，自负地认为不好的事情永远不会发生，即使发生，也不会发生在自己身上，所以就觉得灭火器是占据空间的多余之物。火灾真的发生了，我们才意识到：哦，原来灭火器不是占据空间的多余之物，灭起火来还真方便。确保公共安全的设施有很多，比如商场的灭火器、公交车上的安全锤以及公路上的融雪盐……我只是希望森林对这些东西能有敬畏之心，平时不要乱动，紧急情况下可以得心应手地使用。

我知道森林的应急包未必帮助得了森林，但这是一种生活态度，就好比护身符未必保护得了主人，但那是一种生活寄托。

43. 人体的美

　　森林，爸爸觉得人体很美，尽管人体艺术偶尔与色情只是一步之遥，尽管东方人经常羞于欣赏人体的美。

　　你刚生下来的时候，一点儿都不好看，黏糊糊的、湿漉漉的，全身通红，而且褶皱颇多，像一个小老头儿。其实，每一个健康的新生儿都是这样子的。但是你长着长着就好看了，很讨爸爸和妈妈的喜欢，尤其在每次给你洗澡结束之后，你一丝不挂地在床上撒欢儿，我们很开心地把你拉过来，在给你穿衣服之前，摸摸你那软绵绵的肚皮儿，捏捏你那胖乎乎的屁股，手感真好！你的小胖腿儿一节一节的，像洁白干净的莲藕。还有那圆嘟嘟的小脚丫子，不大不小，大人一只手刚好能握住一只。神奇而又可爱的婴儿毫无自理能力，不免让人心生怜悯，这是婴儿身体美的一部分。

爸爸还见过少年身体的美。那些少年是爸爸的学生。运动会期间，他们在跑道上各就各位，做好蹲踞式起跑姿势，像雄鹰一样睿智的眼睛紧盯前方，只要一听到枪响，他们就会竭尽全力地冲向终点。爸爸知道，"燃料"在他们的身体内充分燃烧，他们所拥有的能量不亚于火箭冲向太空时所拥有的能量。伟大的太阳让地球万物生机勃勃，给动植物提供了生长的能量，动植物给少年提供了生长的能量，少年的身体内蓄了满满的太阳能。肌肉过度用力，青筋暴露，爸爸知道，太阳给他们实施了魔法，那是他们身体最有力的时候，自然是很美的。相信在不久的将来，你的身体内也会蓄满太阳能，因为有力而变得健美。

还有一次，午休期间，爸爸在男生宿舍见到了躺在床上的少年，只穿着内裤，身材颀长，体型匀称，淡淡的小麦色毫无瑕疵，在阳光的照射下，像上等的瓷器一样光洁缜密的皮肤闪闪发光。我想他的手掌和脚掌应该连茧子都没有吧。那近乎完美的人体会让你觉得任何受伤都是罪过，影响审美。人体是美，但毕竟不是艺术品。爸爸曾经突发奇想地思考过，上天把一切造就得这么完美，为什么不给人类一个钢铁之躯呢？那样人类就会像任何一台机器一样，可以修理，甚至可以更换零件，无生老病死之痛苦，胳膊断了换条胳膊，腿折了换条腿。其实，爸爸也知道，若真那样，人体就不美了，与破铜烂铁无异。森林，人体固然美妙，但人生苦短，愿你且行且珍惜。

成长像衰老一样迅速，很快，你会发现自己的身体会发生奇妙的变化，脸上出现粉刺，嘴唇上出现毛茸茸的胡须，拿作家余华的话来说，那是第一批来这里定居的胡须。喉结会变粗变大，声音会变得低沉，肌肉会发达有力……最后，你会成为一个成熟的生命体，有繁育后代的能力，但必须寻找一个心有灵犀的异性与你通力合作，这是大自然的法则。两性人体的接合更是美妙的，但人类毕竟与禽兽有别，所以，森林，当你成为一个成熟的生命体时，爸爸希望你的口袋里装的是避孕套而不是紧急避孕药。

人体很美，祝你慢慢欣赏与享用……

对了，若无精神追求，人体再美也是皮囊而已。

44. 笑看摇号

孩子，从出生证编号到死亡证编号，人的一生充斥着不计其数的号码。号码本身都是一串串或长或短的冰冷数字，毫无意义。但人类给它们赋予了极其丰富的含义，使大千世界从混乱不堪到井井有条。我们不得不为人类的这种才干喝彩！

无伤大雅的数字组合游戏可以给我们生活带来些许乐趣。比如，中国人忌讳数字4，西方人忌讳数字13。无论中国人还是西方人，都不能因为忌讳就抹去数字4和13，那样生活将会有诸多不变，只能巧妙地避开或者用其他符号代替。翻典籍、阅记录，数字忌讳无一不与人类趋利避害有关。但耗尽钱财只为追求所谓的豹子连号实属愚蠢！你醉驾肇事连连，豹子车牌号也鞭长莫及。你电信诈骗，豹子手机号也无能为力。富人衣食无忧之后乐此不疲的数字组合游戏穷人无须跟风。不跟风，豹子连号即平凡如尘埃。

孩子，有时面对选择你的确无可奈何，何不玩玩数字游戏？虚无缥缈的结果可以为你接盘护驾。你钓的鱼、猎的熊掌，但鱼与熊掌二者不可兼得，鱼美味，熊掌可口，都是你的最爱，不知如何取舍，那何不抛一枚硬币？看正面获鱼，见背面得熊掌，问题迎刃而解，但勿忘果腹初心。孩子，劳作换来的粗茶淡饭永远胜于靠机缘获得的觥筹交错的山珍海味。

考试时，ABCD 四个选项，若你真的真的真的束手无策，就点兵点将吧，点到谁就选谁。听起来荒唐至极，实属无奈，但强于一纸白卷。至于你点到的是兵还是将，那就听天由命吧。孩子，但更希望你平日发奋读书，练就本领，考试时能驰骋方寸考卷，攻无不克，战无不胜，所向披靡。

孩子，没有什么比你的人生信条更值得你苦苦追寻、执着前进的了。只要太阳升起，大昭寺广场就有善男信女虔诚地磕长头。爸爸有幸在年轻时目睹过，为之动容，受益匪浅。金碧辉煌的大昭寺里珍藏着掣签认定活佛转世的灵童的金瓶。爸爸对藏文化知之甚少，不议论金瓶掣签，但我们应该像善男信女虔诚地追寻真善美一样追寻知识与真理。

相信只要是金子，终究会发光，无论深埋于岩层还是摆放于货柜，不要拘泥于开采方式，不要拘泥于包装方式。政府偶尔无奈，会用摇号解决些许问题，比如人民买房、孩子上学。不要冷嘲热讽任何政策，不要围观非议任何政策，均是人类才干。冷嘲热讽围观非议的人群散去，一切才会平凡如尘埃，尘埃落定，起于累土，方有九层之台。

孩子，愿你默默平凡累土，在九层之台再笑看摇号。

45. 愿你潜水书海

森林，你知道吗？你不知道！

因为你不知道，所以爸爸才要用文字记录你的历史，让未来的你知道。用文字记录历史是人类的壮举，若没有这个壮举，人类文明就很难传承，人类生活将会变得格外吃力。

图书是人类文明举足轻重的载体。

森林，你知道吗？你认识吊车就是从图书上认识的。

姐姐送给了你几本儿童图书，一本是认识蔬菜的，一本是认识动物的，还有一本是认识交通工具的。你每天都会把这些图书读几遍，十几遍，甚至几十遍，百读不厌。

我是奶爸

"这是啥？"

你用右手稚嫩的食指指着图书上的图片问陪伴在你身边的人，或爷爷，或奶奶，或爸爸，或妈妈……

你对这个句子的发音含糊不清，但是我们依然能够听懂。

"这是啥？"

"这是啥？"

当我们偶尔疏忽你，而在忙碌其它事情的时候，你的提问一声比一声高，最后使我们不得不回答你的问题。

"吊车！"

指着吊车的图片，你会说吊车了，但是发音只有我们能听懂。

"吊车！"

被带到户外，你见到停放在路边的吊车也会指着说吊车了。

森林，你知道吗？这对你来说，是你认识世界的一次飞跃。我们就应该这样认识世界，借助图书，借助阅读。

人的生命是有限的，但是阅读可以延长生命的长度，还可以拓宽生命的宽度。你无羽翼，但是阅读可以让你上天与鹏比翼双飞；你无鳞甲，但是阅读可以让你入海与鲲并肩齐游。你阅读文学，可以与曹操对酒当歌，可以陪伴百年多病独登台的杜甫；你阅读数学，会为数学凝练的语言魅力所折服。你学习外语，就推开了欣赏世界的一扇窗户，就能看到房子里面其他人看不到的景色；你阅读政治，思想就会变得深刻，面对惊涛骇浪，也会处变不惊；阅读历史，你以史为鉴，可以知兴替；阅读地理，你的视野会变得辽阔，就会知道人与自然的关系，不会妄自菲薄，也不会目空一切；学习物理，你会为运动的绝对性而着迷，大到天体，小到尘埃，无一例外；学习生物，你会为生命的神奇而叹为观止。你不会偏爱哪种物种，也不会讨厌哪种物种，它们在生态圈都有自己的一席之地；学习化学，你会理性到冷酷地认识我们这个世界的物质，别是一番滋味。

总之，森林，当你阅读足够多的书的时候，你的人生境界就会达到一个新的高度，可以看到鲜为人知令你心旷神怡的风景。

爸爸愿你终生潜水书海——不用担心，不会溺水。

46. 我是老师

——谨以此文献给我及我的儿子

家乡八月的晌午，天空响晴响晴的，正是鬼神出没的时间，煞气再大的人都不敢孤身在公坟胡跑乱串。但我去上坟了——祭祖。

我在太村街的纸货店买了烧纸、阴票和鞭炮。老板送了我一个打火机。我想把汽车飙进公坟，扎在爷爷或奶奶的坟头。

一望无际的青纱帐一米多高将近两米，汽车在坑坑洼洼的田间道路时而游刃有余时而小心翼翼地行驶，庄稼叶子或苹果树枝刷得或打得汽车玻璃唰唰响或啪啪响，像哺乳期妈妈的乳房一样饱满的玉米棒子敲得汽车玻璃咚咚响。这路平时只有队上殁了人下葬时灵车才走，而且还得在出殡前一天派人扛上镢头铁锨清除影响灵车通行的杂草落土。

离公坟还有百来米，杂草的阻挡使汽车实在开不前去了，我下车提着烧纸、阴票和鞭炮朝爷爷的坟头走去。蒸腾作用明显，湿热的空气扑面而来。一片寂静，偶尔能听到远方汽车的喇叭声。比小鸟还小的飞机悄无声息地溜过天空。郁郁葱葱的芦子草覆盖了整片公坟，随着坟地的起伏而起伏。零星几棵柏树和几座墓碑被淹没其中。我找到爷爷的坟头，画圈烧纸磕头作揖，放炮，再找到奶奶的坟头，画圈烧纸磕头作揖，放炮。

不逢年过节，我为什么要祭祖呢？

赵家后辈出人了。我考上公办教师了。

有人可能要唾到我脸上，还会说：呸！当个公办教师也算人？

当然算，因为出生在罗马的人根本就不理解千辛万苦旅行到罗马的人的艰辛！

当然算，因为我的理想就是成为一名教师。一个通过努力而实现了自己理想的人难道不伟大吗？

关于我的家族，在我的记忆当中，最古老的东西只有两件：曾祖父母盖的房子和高祖父母的神主，哪个更古老，我尚未考究。现在，房子被拆了，神主还在。我的高祖父生于光绪二年（1876年），到如今我这一代，大约一个半世纪，其中战火就燃烧了一个世纪，整整五代人，能保住小命没有断后就已经很不错了。前四代人都是面朝黄土背朝天在土里刨食吃，我不用刨食吃了。

国家稳定了，发展了，人民生活水平在逐步提高。父母在城里买了房子，将我的户口迁移到城里去了，完成了所谓的城市化进程。

贫穷的我在家乡这片贫瘠的土地上健康而又快乐地成长着，高中毕业后，我终于以准大学生的身份离开了这里。

南下求学归来，我生活在城市，顺利成了私立学校的一名老师，可以幸福快乐地生活工作。儿子出生了，我不能再这样幸福快乐地生活工作了。中国人的一生得背负着太多太多的东西前行，我也不例外。我亲切地抱着儿子，安静地望着儿子的侧脸，儿子的表情那样懵懂无知，我怎么能忍心让自己成为他未来的生活负担呢？

我是奶爸

在私立学校端蛋奶的时候，我走路带风，一步可以跨越四五级台阶，但是我知道，有一天我会扑通一声腿一软倒下去的，从此，我的父母没有儿子了，太太没有丈夫了，儿子没有父亲了。其实，我不害怕死亡，死亡之后，我留给儿子的文字足以让儿子成为一个人格健全的人，但是我害怕衰老，害怕时光一去不复返，自己却一事无成。

为了父母，我得考上公办教师，这样父母好在人前炫耀。谁不想光宗耀祖？

过五关、斩六将，我终于成了公办教师。朋友祝贺我，我开玩笑说自己是打酱油的，没想到打上了。我承认自己没有认真备考，没有把考试用书看完，但是我的其它阅读量不算少。

我知道成功是很多因素影响的结果，但是我愿意把自己考上公办教师的成功归功于祖先的荫庇，这样我才能怀着敬畏之心工作。

当再以公办教师的身份回到阔别已久的家乡时，我发现这里依然贫瘠，那些贫穷的学生就是昨天的我。改过一个理想成为一名医生的孩子的英语作文后，我知道一篇吃力的英语作文潜伏着一个孩子的理想，承载着一个家庭的希望。

理想是可以实现的，教育是最廉价而又最有效的途径。

我不相信什么有人一出生就在罗马的鬼话，因为与人攀比毫无意义。人的一生是在自我挑战，不断给自己树立目标然后实现目标再树立目标再实现目标……生活的斗士从来都是孤单的，但决不是孤独的，阅读可以让他与古今中外的智者为伍，再读《登科后》，知道那不是古人的无病呻吟，而是千年知音的真情实感，肺腑之言。

成了公办教师之后，我又有了新的目标……

9 月 10 日

47. 能把简单的事情做好，坚持做好

亲爱的孩子：

你好！

当你觉得某件事情你应该做，但是因为种种原因，搁置得太久了，不想做了，可是又觉得应该做，而且着手做的时候，你就战胜自己了，已经成功了，若能坚持下去，你就是伟大的。

去年除夕，爸爸给你发了一个特殊的红包，里面装的不是金钱，而是比金钱更有价值的"新年梦想清单"。在 2017 年，你有三个梦想需要实现，当然，离不开爸爸的帮助。第一，坚持每天给你写日记；第二，坚持每天给你拍照；第三，坚持每个月都去银行给你存定额的金钱。这三个梦想，前两个梦想似乎最简单，只要

愿意做，谁都能实现，最后一个梦想似乎最困难，必须有金钱。但其实，孩子，错了，前两个梦想最困难，最后一个梦想最简单。金钱固然重要，但是金钱解决不了所有的问题。这三个梦想当中，现在实现得最好的是第三个，就是坚持每个月都去银行给你存定额的金钱的那个，就是最简单的那个。实现得不好的是前两个，就是似乎最简单的那两个。

孩子，几乎每一个人都想成为伟大的人。什么是伟大？伟大就是把普普通通、简简单单和平平常常的事情做好，坚持做好。这需要什么？毅力。什么是毅力，爸爸相信你肯定有属于你的理解。怎么才能有毅力，在爸爸看来，很简单，就是坚持做自己应该做的事情。

为什么前两个梦想实现得不好？因为爸爸没有把简单的事情做好，爸爸应该做的事情就是坚持每天给你写日记和坚持每天给你拍照，做了，但是没有坚持。爸爸的毅力还不够。孩子，爸爸没有责怪别人，不能一有不好的事情发生就责怪别人，切记！

爸爸觉得应该帮助你实现梦想，但是因为爸爸的毅力还不够，就把帮助你实现梦想的事情搁置得太久了，不想做了，可是又觉得应该做，就又着手做了，爸爸就战胜自己了，已经成功了，若能坚持下去，爸爸就是伟大的。

"不积跬步，无以至千里；不积小流，无以成江河"说的就是这些道理。

孩子，当事情被搁置得太久，不想做了，我想你已经知道应该怎么处理了。

另外，我修正了你的一个新年梦想，改日再说，去吃午饭了。

祝：能把简单的事情做好，坚持做好！

爱你的爸爸：赵鹏

2017 年 5 月 3 日于西安

48. 儿子，我们来聊聊
"死亡"这个话题

儿子，爸爸最后跟你聊聊"死亡"这个话题。

我们必须面对一个事实：死亡是客观存在的。大到天体，小到尘埃，都有一个产生、发展和灭亡的过程，无一例外。这是真理。灭亡就是死亡。

死亡很客观，真正能做到公平公正，一视同仁，所以，死亡对人不偏不倚，我们无须惧怕。

死亡是终极结果，但是死亡的方式千奇百怪。新年的第一个工作日，迎着曙光，爸爸驱车上班，在狭窄的马路上，紧贴着一具被蓝色裹尸布包裹着的尸体小心翼翼地行驶。爸爸知道，就在刚才，这里发生了交通事故。一个鲜活的生命顿时消失了、没有了，永远消失了，永远没有了；爸爸目睹过一辆小汽车把一辆老年代步车撞得离地面有一米多高的情景，然后残骸纷纷散落在爸爸车子旁边。老年代步车的司机是一名老爷爷，被撞得飞起来再重重地摔到地面上呻吟。小汽车司机是一名中年男子，睁大眼睛恐慌地问爸爸怎么办，怎么办，怎么办。那是一张爸爸近距离见过的最恐慌的脸庞；爸爸见过一只横穿马路的小狗成功躲过了爸爸的汽车，却没有成功躲过爸爸汽车旁边的另一辆汽车，腿被压断了，发出了惨烈的哀鸣声，生死未卜；深夜，爸爸开车载着你和妈妈以及一位朋友在高速公路的快车道上高速行驶，一只小狗突然从隔离带里面窜出来出现在了爸爸的车头前面，爸爸又是减速又是打方向，最后人狗以及车子都平安，有惊无险。

儿子，这些都是爸爸目睹或亲历过的。死神就在我们身边，与我们并肩而行。在梦里，我们可以上刀山，可以下火海，可以死千次万次，依然可以醒来。儿子，一些人会在梦中去世。生活不是梦，死了就死了，无论活着的人觉得我们多么伟大，给我们举办多么隆重的葬礼，多么悲伤地缅怀我们……但是我们什么都不知道了。

儿子，死亡的方式又何止这些呢？火山爆发、洪水、地震、海啸以及泥石流等等，随便一种自然灾害就可以让数以千计乃至更多的人瞬间死亡。面对大自然，人类渺小得可以忽略不计。但是也不要悲观，我们可以探索自然、认识自然，以使人与自然和谐相处。这正是人类的伟大之处。

儿子，死神就在我们身边，与我们并肩而行，但是我们总不能坐以待毙吧，你觉得呢？自然灾害固然可怕，但是它们并不会时刻发生。这样就产生了一个问题：虽然每一个人都会死亡，但是不会马上死亡，在死亡之前应该做些什么？应该做些什么的这段时间就是人生、生命或者叫生活。有人吸食毒品，身患艾滋，生不如死。有人赌博成瘾，变卖家产，妻离子散，家破人亡。有人违法乱纪，无恶不作，锒铛入狱……儿子，无论你承认与否，这的确是一些人的生活。有些人虽然活着，但是已经死了。儿子，生命也可以很伟大。我们伟大的开国领袖毛泽东同志把自己的毕生献给了革命事业，开创了伟大的新中国，才使我们过上了和平稳定的生活。"南非国父"曼德拉亦如此，从阶下囚一跃成为南非第一任黑人总统，为南非开创了一个民主统一的局面。儿子，一个人的生命有时可以伟大到影响整个人类，改写历史。

儿子，挥霍生命的人毕竟是少数，伟人也毕竟是少数，绝大多数人都是平凡的。平凡不等于碌碌无为，所以平凡不可耻。我的高祖父母是平凡的，我的曾祖父母是平凡的，我的祖父母是平凡的，我的父母是平凡的，当然，我也是平凡的。但同时他们又是伟大的，他们为自己的家庭兢兢业业，勤勤恳恳，忙忙碌碌，才使他们的家人有衣穿，有食吃，衣食无忧，才使他们的家族得以延续，才使爸爸和你得以出现在这颗美丽的星球上，有机会看世界。儿子，人活着的第一目标是生存，无论如何，让自己先活下来。一切皆有可能的前提是人得活着。我想，人在弥留之际都有所留恋，留恋伴侣以及子孙后代。人死亡之后，最伤心的人莫过于伴侣与子孙后代，所以家人很重要，没有谁可以代替。爸爸最近参加过的一个葬礼就是我的奶奶即你的曾祖母的葬礼。你的曾祖母属于高寿老人，晕倒之后被送往医院，因为属于自然老死，所以就放弃了不必要的治疗，被救护车运送回家了。一群子孙后代守护在你曾祖母的周围，陪伴她走完了人生的最后里程。爸爸握着你曾祖母的手，目睹了你曾祖母从生到死的过程，觉得你曾祖母走得很安详，寿终正寝，老死在子孙后代守护的炕上。这是多少人梦寐以求的死亡方式啊！儿子，死亡有时候，只是有时候，是一件很温馨的事情。我们当然也伤心，我们伤心的是你曾祖母的离去尘封了几代人的回忆，凝固了一段时光，结束了一段历史。

对我们来说，你曾祖母的死亡是一件惊天动地的事情，但是放眼于人类历史，可以微小到忽略不计。我们怎么才能让自己的生命之火燃烧得更旺盛、更彻底、更纯粹？儿子，我们必须创造财富，为自己创造，为家庭创造，为家族创造，为国家创造，为人类创造……创造财富的唯一途径就是给自己树立目标并为之奋斗，实现了，再树立，再奋斗，再实现……直到生命终结。陈忠实是爸爸最喜欢的作家之一。他给自己树立的一个目标是创作一部自己死后可以垫棺材作枕的小说。《白鹿原》问世了，他的目标实现了，同时也给全人类留下了一笔宝贵的精神财富。儿子，无论身处哪一个行业，只要我们愿意俯身坚持实干，就一定会有所收获，就会成为该行业的佼佼者乃至领军人物，在该行业产生深远影响。

我是奶爸

儿子，当我们实现了所有的奋斗目标之后，我们的人生就鲜有遗憾，也就不再惧怕死亡了。作家史铁生是这样看待死亡的：他说死是一件无须着急做的事：是一件无论怎样耽搁也不会错过了的事，一个必然会降临的节日。作家奥斯特洛夫斯基是这样看待生命的。他说人最宝贵的是生命，生命对于每个人只有一次，人的一生应该这样度过：当回忆往事的时候，他不会因为虚度年华而悔恨，也不会因为碌碌无为而羞愧。我喜欢史铁生对待死亡的态度，也喜欢奥斯特洛夫斯基对待生命的态度。

儿子，等你长大之后，你可能会目睹一些自己不敢相信的事情：一些新生儿尚未见过世面就匆匆地死去；一些人会死于自杀；有人看到亲人躺在医院抢救室的病床上绝望到崩溃，却无可奈何、束手无策；有人会死于战争；有人精忠报国，最后却有可能死于政治谋杀……

儿子，这是爸爸对生死的看法。儿子，爸爸期待着你长大，去经历、去阅读，形成自己的价值观、生死观，然后与爸爸煮酒论生死。

49.东郊的中秋节

　　上大学之前，我所有的中秋节都是在家度过的。上大学之后，我就在外面过中秋节。记得在外面的第一个中秋节是在东方度过的，当时正好旅行到那儿，跟朋友在海边度过，隔北部湾遥望越南。在外面的第二个中秋节也是跟朋友在海边度过的，在文昌的东郊。

　　要去海边是我临时决定的，让一个朋友跟我一块儿去。是晚上，而且很晚了，明明知道交通已经不太方便了，可是还要去，还要去。

　　我们买了盐焗鸡，因为太晚，已经没有班车了，就坐三轮摩托车到清澜码头。要去东郊得过海。白天，这里有轮船往返，运输车辆和行人过海，颇为热闹。现在，码头一片寂静。白天往返的轮船靠岸休息了，旁边停泊着无数破破烂烂的渔船。远远望去，渔船上灯光昏暗，不见人影。说不定辛苦了一天的渔夫正和家人在船上的家里温馨地享用着贤惠的妻子做的晚餐呢。一片深色的海水安静地荡漾。一缕缕有强烈鱼腥味的海风吹来，尝一下，海风是咸的。岸上同样昏暗的路灯灯光拖长了流浪狗的身影。

这时有人走过来问我们是否坐小船过海。我们要坐小船过海，必须坐小船过海。因为语言的问题，我们很困难地同船家讨价还价。船家给我们推荐很长的路线，说可以欣赏什么红树林。我们不同意，最后船家好像要用小船把我们送过海，再用摩托车把我们送到我们要去的海边。我原来坐过船，但没有坐过小船。我们跟着船家走，小心翼翼地踏上了一只小木船。小船上没有光源，借着朦胧的月光我能看到小船的大小。有弧形船篷的船舱的两旁各有一排很长的座椅，总共能容纳十多个人。座椅好像是船舱里唯一的东西。船家在船尾借着跟萤火虫的光差不多明亮的手电光捣鼓发动机，很快就使小船开动了。接着夹杂着燃油味的轰鸣声响个不停。我们从船篷里钻出来，惬意地坐在船头。小船平稳地往前移，周围景色平稳地往后退。月光那样皎洁，使得月光照射下的所有物体都好像披了一层薄薄的纱衣，又像被寒霜包裹一样。虽在海南，但海风袭来，也会哆嗦。这么美的画面，曾经只在杂志上见过，没想到今天竟能身临其境。多美的风景啊！见到美的东西，总想与人分享，与爱的人分享……

船到岸了，我们与船家依次登上岸。船家确认小船拴得牢靠后，才引着我们到了一间摇摇欲坠的茅草屋前，独自进去推摩托车出来。我想这船家胆子真大，把摩托车放这儿都不怕丢失，又想，下次台风来的话，这间茅草屋必倒无疑。待船家把摩托车推出来后，我才发现那摩托车已经很旧了，旧得都没有人会去偷。

连船家，我们三个人骑着一辆摩托车朝海边驶去。在崎岖而又泥泞的土路上，摩托车起伏前行。两侧是茂密的树林，将土路夹在中间，使土路看起来黑漆漆的。嗅嗅空气，郊外的空气是冰冷的，伴有泥土的清香，偶尔有浓郁的九里香花的芬芳。还有萤火虫，像宇宙飞船一样飞行，直奔我们而来，眼看撞击时又会猛然掉头离开。我拖着拖鞋，等摩托车驶入水坑时，任凭拖鞋被溅起的积水冲打。终于一只拖鞋被水抢走了，拖鞋的主人也没有让船家停摩托车。我突然想起了印度的甘地，便将还穿在另一只脚上的拖鞋也抖掉了。到一商店前，船家骑在摩托车上朝里面用海南话喊了几句，便见一上身裸体的男人提着一啤酒瓶液体应声出来了。男人协助船家将液体倒进摩托车油箱里，想必是燃油。摩托车有了燃油，被船家开得更快了。我没关系，因为拖鞋已经没有了，恐怕最受罪的是坐在我后面的朋友。

到了海边，我们吃过饭后，迅速将帐篷搭起来。吃饭的时候，盯着买来的盐焗鸡，知道吃起来很麻烦，便未动手，也未动口，看着朋友津津有味地吃。旁边的一只流浪狗围着我们团团转，有骨头吃，显得很兴奋。吃毕，我们在帐篷里躺下了。聆听潮起潮落的声音，再用手机将自己的快乐告诉给别人，请别人与我一起分享……突然，狂风作起，电闪雷鸣，下起雨来。帐篷没有被狂风吹走，但被雨滴打得噼噼啪啪响。我们紧缩在帐篷里，幸好帐篷经得起这样的风吹雨打。

在风雨中，我们沉沉地睡去……

50. 奶奶的"精明"哲学

　　奶奶去阴间了，与我们阴阳两隔。在阳间的时候，奶奶是一个精明的人。当时，幼小的我被奶奶的精明所折服。

　　奶奶为了赚钱补贴家用，所以养鸡，鸡能下蛋，蛋能卖钱。奶奶养的鸡不少，有公鸡，公鸡少；有母鸡，母鸡多，都是散养的。无论是公鸡还是母鸡，都喜欢去邻居家串门。鸡串门没关系，串完就会回来，但有些母鸡串门的时候会将蛋下在邻居家，让奶奶有了损失。对奶奶来说，这损失不小，就好比现在的小贩辛苦一天，却只收来一张百元钞票。奶奶很精明，后来每天早晨会将手指塞进母鸡屁股里掏一掏，看这只母鸡今天有没有蛋，若没蛋，放它去串门；若有蛋，关在家里让下蛋。

我是奶爸

家里来了亲戚，将提兜放在桌子上，或坐在房间凳子上或坐在炕上同奶奶聊天，聊得无聊时就去街道逛了。奶奶不知道亲戚要不要在我们家吃饭，不知道要不要给亲戚做饭，就去翻看亲戚的提兜，看亲戚拿的礼档轻重，若轻的话，比如只有蛋糕，亲戚应该不会吃饭；若重的话，比如除了蛋糕之外还有罐头，亲戚应该会吃饭。奶奶赶紧去做饭，在厨房点火烧水下面。

奶奶经常去碾坊碾东西，去之前先打发我拿着笤帚到碾坊看一下。一看碾子今天是否被人占了。大半个村子的人就用一个碾子，多少年来，大家没有为谁先用谁后用而脸红过，更别说为此骂仗打架了。清早见碾盘上面放着一个笤帚或其它东西，多是在碾坊干活时需要的工具，就说明碾子今天已经被人占了，你要用，改天再来；二看是否有人刚碾过辣子。刚碾过辣子的碾子上面有辣子，奶奶不用，因为干活太呛，而且会把东西弄辣。奶奶的想法是：总有"瓜子"会碾东西的，等瓜子先碾了我们再碾，所以就等着。果真有奶奶所说的瓜子。

磨面的时候，奶奶不愿意第一个磨，嫌刚启动的磨面机子工作时沾的面多。

　　这就是奶奶的"精明"哲学，从贫苦的农村生活中提炼出来的哲学。

51. 致毕业班孩子们的一封信

亲爱的孩子们:

你们好!

祝贺你们即将开启精彩的中学生活!

在精彩的中学生活开启之前,赵老师送你们几点建议,当作毕业离别的礼物。

第一,永远不要放弃学习。孩子们,毕业永远是学习的开始,而不是结束。去了更大的地方,你们会结识更多的朋友,也会有更多的学习方式,但是无论怎样,永远不要放弃学习,真正做到"活到老,学到老"。多读书、多思考、多实践。你们可能出身不富贵,但是多读书可以让你们变得高贵。孩子们,读书不是学习的唯一方式，知识也不是学习的唯一目标。与人聊天，学习别人如何遣词造句，所以聊天也是学习的方式，与人用餐，学习别人如何文明用餐，所以礼仪也时学习的目标，等等。

第二，一定要培养一个属于自己的爱好。赵老师现在问，你们有什么爱好吗？你们肯定会七嘴八舌地回答绘画、唱歌、跳舞、写作和跑步……可是十年后还有吗？二十年后还有吗？三十年后还有吗？孩子们，有爱好的人是幸福的，说明他们有某方面的天赋，千万不要浪费自己的天赋。爱好不在于多，有一两个就足够了。随着你们年龄的增长，你们会有很多自己可以支配的闲暇时间，请用自己的爱好去填充这些闲暇时间，而不是去做一些无聊的事情。

第三，懂得知足，学会感恩。孩子们，懂得知足，不要抱怨，没有什么好抱怨的。不要抱怨你们家的住房条件太差，就在你抱怨的时候，这个世界上有的人的房子就被战火烧毁了，无家可归。不要抱怨饭菜不合你的胃口，就在你抱怨的时候，这个世界上有人就被活活地饿死了。世界比你们想象的大，也比你们想象的复杂。

学会感恩，从学会说谢谢开始，包括你们的父母在内，没有谁应该为你们义务做一些什么事情。别人递东西给你们，说句谢谢吧。

第四，努力实现自己的梦想。无论你的理想能否实现，无论你的爱好是否与你的职业一致，无论你的梦想是否与你的爱好有关，都得有属于自己的梦想，并努力去奋斗，实现了，再制定一个梦想，再努力去奋斗，无限循环……让自己的生活因为有梦想而充满激情。

第五，千万不要去违法犯罪，切记！没有人能折腾得起，就时间而言。

第六，最后告诉你们一个定律。在科学课堂上，赵老师告诉过你们很多定律或效应，比如"破窗定律"和"踢猫效应"等等。今天，赵老师再告诉你们一个"垃圾人定律"。世界上存在很多负面垃圾缠身的人，他们需要找个地方倾倒，有时候被人刚好碰上了，垃圾就往人身上丢，这就是"垃圾人定律"。合理发泄自己的情绪，自己不做垃圾人。不幸碰到垃圾人，退一步，让他们先行，避免给自己招惹麻烦。

我是奶爸

孩子们，路更险，但景更美，保重……

祝：健康、进步、快乐和幸福

赵　鹏

2016 年夏天

52. 环海南岛旅行笔记

我盼望阅读能给你带来快乐！

你当然可以旅行，当然可以骑自行车旅行，当然可以骑自行车长途旅行。但是，你一定得注意安全。

这是一个长达 8 天的假期。我在小说中就已经说过，假期对真正优秀的孩子来说是真正充满诱惑力的。坦白地说，不好意思再向家里要太多钱的我打算用这 8 天时间来给自己赚钱。我能干什么呢？我有傻瓜相机和山地自行车，可以把它们出租出去。我和一个同学把出租广告都粘贴出去了，等待别的同学咨询租赁。我还要去当家教赚钱。我把家教的广告都已经弄好了，等中午一放学就出去散发。可是还没有等到放学，辅导员有事情要召见我。我是我们班的班长。由于我去得有些迟，

我是奶爸

辅导员一见我就开玩笑问我是否去环岛旅行了。我为什么不去环岛旅行呢?

第五六节课一结束，我就飞快地离开了学校。第五六节课是我们班今天独有的两节课。

我很小心地高速骑着自行车，在交通的确有些混乱的文昌市区穿梭。在文昌市区，交通虽然混乱，但你依然会觉得安全，因为机动车辆时时刻刻都在给你让路。妇女骑着三轮摩托车漫街流窜，搜索客人，运送客人。文昌的这些妇女是很了不起的! 妇女学会骑摩托车本来就不容易，而且要技术娴熟，还用之赚钱养家更是不容易。

海南的摩托车值得说一番。海南是摩托车的世界。二轮摩托车在全国各地都有，海南也不例外。在海南的一些城市，像海口、三亚……都有摩托出租车，但其司机大多都是男人。

三轮摩托车有两三种。文昌妇女载客的摩托车就是三轮摩托车，带篷的车厢位于摩托车后面，能坐一两个人。摩托车身是红色的，但车篷没有统一的颜色，上面印着红红绿绿的广告。这种三轮摩托车好像是重庆生产的，在海南似乎只有文昌有，被当地人称呼为"风采车"，其司机几乎全都是妇女。在海南，妇女骑摩托车带着男人是常见的事情；另一种三轮摩托车，显然是由车主自己用二轮摩托车改造而来的侧三轮摩托车，车厢或在左侧，或在右侧。看着这些侧三轮摩托车奔跑，就会发现，车厢的轮子在向前滚动的同时还在左右晃动，而且幅度很大，就不得不使你联想到，那个轮子可能会突然离开车厢而去独立工作的画面。这种三轮摩托车也是用来载人的，还能载物，城市不多见，乡镇有不少。载人的车厢有座位，载物的车厢没有座位。超载是常见的事情，而且是让你目瞪口呆的超载。我曾经目睹一辆车上装着 6 个人，还不包括司机在内；另一辆车上装着两头大肥猪。这种三轮摩托车因不满超负荷工作而途中"罢工"是司空见惯的事情。我见有农民用改造过的车辆运输香蕉。

跟我家乡咸阳的摩托车比较，海南的不少摩托车都是有车牌的，而且司机都有戴头盔的良好习惯，但海南的摩托车主随便改造摩托车，而且使摩托车严重超载。我不知道海南的相关部门对摩托车是如何进行管理的。

前些时间，见相关部门打出专对摩托车进行管理的横幅，盼望此活动有效。

你知道，文化是可以刺激传播的。既然有人改造摩托车，那当然也就有人改造自行车了。

真正上路了，才意识到自己不完全认识红绿灯，以后若有机会就一定得把这个搞清楚。请不要简单或草率地说红灯停，绿灯行……我觉得咱们都要按游戏的规则来，你觉得呢？

离开学校没走多远就上了省道。海南的省道不错。黑色的柏油马路安静地伸展到令人神往的远方，两旁茂密的林木殷勤地陪伴着柏油马路也安静地伸展到远方。汽车在马路上奔驰。我喜欢聆听车轮在马路上奔驰的时候发出的"吱吱"声。天气不是很好，阴天，偶尔下雨。在北方，这是令旅行者很头痛的天气，不过在海南就无所谓了。海南的天气总是在跟你开玩笑。衣服淋湿了也没有关系，只要雨停了或者你不再继续淋雨，马上就会干的。千万不要生可爱的海南天气的气！我被淋湿了，觉得很凉快。

大概六点我就到了会文镇。我看《旅游手册》知道，会文镇的八哥远销海内外，其被称为"八哥之乡"。现实中的会文镇跟我想象中的会文镇还是有差别的。我想象中，在会文镇，家家户户都养八哥，八哥的叫声此起彼伏；在街道，有大量的八哥出售；在林间，还有很多八哥能自由飞翔。但是，现实中的会文镇跟别的镇比较起来没有什么不一样的地方。这就不得不使我在会文镇还要问人在哪儿能看到八哥。在会文镇，给我指路的人都相当热情。他们有些也不知道在哪儿能看到八哥，就很歉意地请我去问别人。我碰到了一位耐心的大叔。他本来坐在路边的竹椅上乘凉，为了看清我的地图和跟我方便地交流，竟专门回家去把自己的眼镜、钢笔和纸拿出来。大叔说他不会说普通话。其实，大叔跟我说的就是普通话。怕我不清楚，大叔把他说过的话又写下来。沿省道往下走不到四公里，有一个村庄，在那个村庄就能看到八哥。请允许我使用"公里"这个单位。是学生的我一直使用"千米"这个单位，但给我指路的人们都使用"公里"这个单位。很抱歉！我忘记了那个村庄的名字。由于环境污染与生态破坏等问题，八哥已经很少了，这还是大叔告诉我的。大叔的话似乎暗含着这里的八哥是在林间能自由飞翔的野八哥的意思。

我是奶爸

海南的村庄一般离马路都很远。林木繁多,村口极其隐蔽。村口立有碑,或石碑,或砖碑,或水泥碑,上面刻有或写有村名,村名淳朴、典雅。有些村口还有牌坊,两侧有美言村庄的对联。看着这些,我有点儿反璞归真的感觉,觉得自然,觉得真实。我家乡的村庄现在就不是这样的了,受社会主义新农村建设的影响,显得很干练。我只简单比较,不进行评论。走了大概四公里,我找到了自己要找的村庄。村口也有碑,上面除了村名还有"八哥鸟之乡"几个字。在我想象中就是这样的。我转向驶进村庄,打算晚上就住在这个村庄。尝试着晚上借宿农民家就在我的旅行计划之内。它的意义我不说你也知道。就在这时候,我手机响了。有同学要在 10 月 3 日租赁我的相机。我先感谢他,再向他道歉,说我临时把计划改变了,自己又要使用相机。后来想想真傻,我应该撒谎说自己把相机已经出租出去了。你觉得哪个妥当些呢?后来几天一直有同学打我手机租赁相机,甚至还问我是否出租帐篷。在大学校园,我觉得这是很有潜力的生意,你愿意进一步开发吗?言归正传。从马路到村庄的这一段路是泥巴路,积水很多,有些泥泞。令我惊讶的是,我的自行车在这种路上依然能轻松自如地行驶。在泥巴路上，虽然有乡村风情，另是一番情调，但我盼望政府快快使路面硬化，给村民带来方便。村庄离马路的确很远，大概有一公里，而且途中林木繁茂，遮星挡月，我甚至都怀疑前面是否有村庄了。如此茂密的森林里面有村庄，这在北方是不可思议的事情。这里阔叶植被最多。香蕉叶子抽打着我的脸。一片掉在路当中的椰子树的落叶就足够挡住我的整个去路……鞋子和小腿上沾着红色的泥浆，是红色的泥浆，不再是我家乡那黄色的泥浆。我终于看到了零散地分布在森林中的砖木结构建筑了。建筑处于潮湿的环境中，而且经常被雨水冲打，表面留有霉块和水冲痕迹，虽没有经历多少年，但看上去饱经风霜，历尽沧桑。这是我最先看到的建筑，其实都是神庙。神庙的建筑很讲究，前面有影壁。我没有下车去仔细观察，更不知道里面供奉的是哪路神仙了。你如果稍微有些地理常识，就会知道海南的气候。海南土地总面积大概是 33920 平方公里，其中森林面积大概是 1714700 公顷，森林覆盖率大概达 51％。知道这些，这样的森林里有这样的村庄就不奇怪了。我要做的首件事情就是问路，问路就得找到人，但很难找到人。我发现了一些居民建筑，没有围墙，便走近看，门锁着，透过没有安装玻璃的木格窗户发现房间里面摆着简单的木制桌椅家具。森林里的夜幕似乎降临得更早。我应该去有灯光的地方问路。这些居民建筑是有围墙的，而且几乎家家户户都养着狗。我走到门口狗就叫，村民一听到狗叫就出来了。我一问才知道，这里有好几个村庄。他们给我认真地说着我应该去的那个村庄的路，最后说太晚了，看不见八哥。我基本上能听懂他们说话，但找不到他们说的七拐八拐才能到的村庄。村民的话可以证实我之前的猜测是正确的，这里的八哥是在林间能自由飞翔的野八哥。天越来越黑了，我对看八哥再也没有多大的兴趣了，得赶紧找个地方住下来。风吹叶晃，时而能看到月亮，我的影子与自行车的影子在森林的地面上跳跃。突然"沙沙"下起雨来，弄得树叶"哗哗"地响。很小的雨，我不用担心。雨后来停了。夜晚活动的虫子开始活动了，鸣叫不断。我穿的衣服相当少，很容易被虫子袭击。我试着借宿两三家，但都被村民以房子太小或太少为由拒绝了。他们问我是干什么的。我回答我是旅行的。他们问我为什么来农村旅行。我告诉他们我来这里看八哥。他们建议我住在会文镇的旅馆，明天白天再来看八哥。我说会文镇我已经经过了，再返回去的话浪费我的时间和精力。我觉得这样谈下去没有结果，便离开了他们。我叫开了另一家的大门。男主人说他家没有多余的地方住，但是可以帮我找邻居家的地方住。女主人在院子里喊了几句我听不懂的话，男主人便突然改变了主意。男主人说他打电话找警察来帮助我。我一听这话赶紧说算了吧，就动身准备离开，心想，虽然有困难找民警，但是新世纪的大学生有这样的困难就不麻烦民警了吧。再说，明天还是共和国的生日，他们现在肯定比平日更忙。说话期间，这个男主人一直拿手电照着我的脸。我可以理解和原谅他。我的到来惊动了这几个村庄。"遥闻深巷中犬吠"，家家户户的狗都叫了。一犬吠影，百犬吠声。我打算离开，离开这几个村庄，出去的时候碰到一老一少。知道我的情况后，老的说现在的社会复杂了，不敢留宿生人。依然拿手电照着我的脸，少的给我当翻译。

尚未晤面的八哥，再见！

安静的村庄，打扰了，对不起！

我不可能返回会文镇，就骑着自行车一直往下走。海风一直在吹，凉飕飕的，没有许多内地人想的那么炎热。当然没有路灯，但是有月光，可是跟强烈的汽车灯光比起来就显得微乎其微了。其实，月光远比汽车灯光强烈，哪怕那是反射太阳的光，主要是月亮离我太远，它的光才被认为没有离我近的汽车灯光强烈。面对距离，无论是时间的还是空间的，自然都能忍受委屈，何况人呢？我是一个很注意安全的人，所以在这种环境中骑得很慢很慢。害怕前面来车，有些司机不换灯光，弄得我眼前是刺眼的炫亮，什么都看不见，使我不得不停下来，汽车一过，又是一片黑暗，也是什么都看不见。太强和太弱的光，我们的眼睛都受不了。请保护好你的眼睛！后面来车不错，司机使用远光还能为我照亮一段路。最好就是没有车辆，在月光的帮助下，我可以安全行驶。我觉得自己的注意力不是很集中，得找个地方休息。我希望这些司机中没有醉酒驾驶的，否则就麻烦了。我看过许多关于交通事故的图片展览，一些图片的自然背景就跟我现在的自然环境很相似。我到了居民区，下来一打听，知道前面有私人旅馆。我是向一位老太太打听的，打听完说谢谢。她说不客气，被我当时听成"不合适"。

这还是会文镇的一个村庄。村庄有旅馆足以证明这个村庄发展不错。我觉得这与省道从这个村庄穿过不能没有关系。老板要 50 元钱。我最后讲到 35 元钱。老板知道我是陕西人后就跟我聊了半天历史。我把文昌给他夸耀了一番。老板请我品尝海南生产的哈密瓜。我觉得海南生产的哈密瓜也不错。

海南私人旅馆中最便宜的房间一般也不会很差，许多都是套间，带有浴室和厕所，即使没有空调也有风扇，安全应该没有什么问题。

我洗过澡后才意识到肚子饿了。老板告诉我对面就是餐馆。海南的乡镇餐馆就这样，没有菜谱，你要吃什么自己进操作间看，有熟食，但也会发现有许多原材料摆在那里。如果你是一个不会做饭的人，就像我一样，你会在那里很茫然的。我这个时候在这样的餐馆问是否有面条显然是在开玩笑。我问有米饭吗。老板说有。我问有菜吗。老板也说有，但那菜要么价格太高，要么做起来很费时间，要么我吃不习惯。我问老板什么还可以跟大米一块儿吃。老板说还有牛奶，10 元钱一杯。我不知道牛奶跟大米怎样一块儿吃。我只点了两份米饭就提回旅馆了。我边吃大米边简单处理旅行笔记。和我粘贴出租广告的同学打我手机过来知道我的状况后说我是在活受罪。

我祝我的共和国生日快乐！

次日6：30我就出发了，在琼海市区吃了早餐，决定去亚洲论坛永久会址所在地博鳌。国旗被沿街悬挂，非常漂亮，节日的氛围很浓厚，使人无比振奋。虽然我错过了收看阅兵仪式现场直播的电视节目机会，但在共和国的生日这天，能骑自行车在宝岛海南旅行，极为自豪与骄傲。博鳌在海南万泉河与浩瀚南海的交汇处。从琼海市区到博鳌的马路正在施工，我绕着走，费了些时间。博鳌的许多旅游景点都在东屿岛等岛屿上，而且门票肯定是要收的，我就不去了。参观旅游景点不在我的旅行计划之内。我过了朝烈大桥和大乐大桥直接南下。在桥上，就能欣赏到美丽的万泉河和辉煌的博鳌禅寺。万泉河是海南岛第三大河，发源于五指山，全长大概163公里，流域面积大概3693平方公里。有首歌曲就叫《我爱五指山，我爱万泉河》。博鳌禅寺是海南佛教历史的延续与发展。公元748年，唐高僧鉴真东渡日本，遇风漂流到海南，居住了一年半，在岛上修建佛教寺庙，开始传播佛教文化。

博鳌现在的知名度不言而喻。其实，博鳌只是海南的一个小镇而已。

我离开博鳌时得问路，正值中午，阳光很强，只见车辆，几乎不见行人，终于发现了一男一女，判断是夫妻。男的站在摩托车旁面朝禅寺的方向合手祈祷，女的站在男的旁边沉默。我在远处等待男的祈祷完毕再走过去问路。他把路给我说得很清楚，知道我是环岛旅行的后，又祝我一路顺风。

在博鳌附近，我离开省道上了国道，将会一直沿着国道走下去。海南的国道没有省道好。从博鳌到国道上的那一段马路我的地图上没有，那路是警察告诉我的。沿途有许多路我都是在警察那儿问的，有时候是问路上遇到的交警，有时候是直接跑进派出所去问。海南有很多派出所，当然，其中不少是国防派出所。海南的警察拿自己优秀的言行改变着我一直对警察所持有的些许偏见。向在国庆长假里但依然坚持在自己工作岗位上的所有工作者致以崇高的敬意！我不知道这段马路叫什么名字，很笔直的水泥马路，一眼望不到尽头，就我一个人走，觉得有些孤单、奇怪、害怕、舒服或受宠若惊……有说不出来的一种感觉。马路的左边有人给我打招呼。我扭头去看，不知道名字但长得很茂盛的树下坐着几个女孩。树旁边有一根电杆，电杆上爬着一个男孩，顶多十岁，显然，就是给我打招呼的人。

"嗨！这附近哪儿有商店？"

不管他打招呼有什么事情，我先问他了。

"你没有水喝了吗？"

相当机灵的孩子！

"对！"

"这儿有。"

我掉车头的顷刻，男孩竟然已经从电杆上下来坐在女孩们的中间了。马路旁边的确有一个很隐蔽的商店，我进去买了几瓶矿泉水，回到树下跟孩子们聊了几句。女孩们都上中学了，男孩是其中一个女孩的弟弟，上小学。为了给男孩拍他爬电杆的照片，我请他再爬了一次电杆，尽管觉得很不好意思。他爬电杆的速度不亚于猴子，可想而知他爬椰子树的速度。

海南村民或许不知道自行车比赛选手的短袖颜色代表着什么，但是绝对了解骑自行车环岛旅行。我觉得在海南骑自行车环岛旅行的确是一件不错的事情，其实，现在已经有很多人都是这么认为的，而且也是这么做的。就骑自行车环岛旅行而言，海南有广泛的群众基础。沿途不断有人给我打招呼。在龙滚到山根的途中，有一位看起来三十多岁的男子拦住我，拿英语问我去哪里。我很惊讶已有三十多岁的他也会说英语，惊讶过后跟他聊了几句，问他从此地到山根还有多远。他说大约十公里，还说自己是农民。我们都一直用英语。我如果没有亲身经历，是不会相信这样的事的。给我打招呼的孩子更多，有些用方言，不能被我听懂，但他们激动的言行已经告诉了我他们很热情。还有些孩子，稍微大些，骑着自行车去别的地方，恰巧能与我同向行驶一段距离。他们跟我聊天，知道我是从陕西来的后就颇有兴趣地问候兵马俑。我很乐意告诉他们关于陕西的一些事情，但真的很不愿意在马路上并排跟他们骑自行车一块儿行驶。

我是奶爸

抵达山根后，天降大雨。穿着运动短装的我继续前行。雨水把我彻底打湿后再顺着我的身体往下流。因大雨影响，路上几乎再没有别的车辆与行人了，这样我就更能急速行驶，雨水迎面打来使人发呛。因镜片上爬满雨水而开始影响视线的眼镜被我摘掉了。飞奔的我依然能瞟到在路旁森林里的大树下避雨的妇女。她们头戴斗笠，背负着体积大她们自身好几倍的柴禾。不是雷雨，树下避雨应该安全吧。稍后，我驶进山区，花红叶绿，植被极为繁茂，清泉与岩石撞击，不见其形，但闻硁硁水声，偶有虫鸟鸣啾，云雾更是触手可及。骤然云开日出。我的衣服马上就变干了。被深藏在包里的相机与手机根本就没有湿，更无论变干。来海南淋雨吧！

穿乐来，过大茂，在万宁市区给相机换了胶卷，接着拿手机给说我是在活受罪的同学发了一条短信报平安。这同学待在学校守着地图全程关注我的旅行，有必要的话会援助我，比如汇款过来，如果我一旦提出此要求的话。

到万宁市区我已经饥肠辘辘了，但我给自己定下规矩，为了加快旅行进程，尽量不在市区吃饭。我一直期待着下一个小镇出现，并决定就在那里吃饭。终于到了期待的小镇，减低车速，搜索餐馆，寥寥无几，茶馆倒是比比皆是，里面坐满了爷们儿就着茶搓麻将。眨眼的工夫，小镇已被我甩在了身后。我又朝下一个小镇进军，还有几公里，十几公里甚至更远……

到长丰时，我已疲乏至极，必须停车补给，看见一餐馆门口有猪脚饭的广告，便进去准备吃猪脚饭。我以前吃过猪脚饭，对其印象不错，此时不敢贸然品尝别的食品，哪怕是海南多么有特色的小吃，当然，文昌鸡就算个特例吧，但是我又没有太多的钱。店主好像是一对姊妹，大约三十岁，非常热情。我吃完米饭再要米饭，吃完猪脚再要猪脚，喝完汤再要汤……付钱时付了25元钱。人吃饱了也感觉不累了。

决定暮宿牛漏，但到牛漏时被告知牛漏无旅馆，又前往兴隆。

兴隆的旅馆最令我满意。跟要50元钱的老板娘谈了半天价格后付了40元钱。旅馆干净、整洁和宽敞。浴室蓬头的水压是我长这么大以来见的最大的蓬头水压。淋了雨的我舒舒服服地洗澡后再洗了该洗的衣服，晾在离空调最近的地方。在这个旅馆尝到了由五指山生产的绿茶。出去在街道上转了一会儿，发现娱乐场所比内地小镇的娱乐场所多得多。在海南的小镇有很多露天舞厅，找一片空地放上音响设备，一个露天舞厅就好了。买了4个橘子，回来跟在旅馆门口卖水果的老板娘聊天，聊些旅行、水果之类的话题。我问她吃橘子吗。她道谢后拒绝了。她吃槟榔，问我吃吗。我当然也道谢后拒绝了，本来就不爱吃东西，更不想吃像槟榔这样的东西。但吃槟榔已成为海南一些居民的一种生活习惯。把槟榔切成小片后沾上作料细嚼慢咽，吃后面红耳赤，"两颊红潮曾妩媚，谁知侬是醉槟榔"。海南随处都有槟榔卖，好像是五毛钱一个。

清晨听见雨打芭蕉声，打开窗户一看，的确是雨打芭蕉，脸紧贴着玻璃，特别冰凉，突然有莫名的失落感。早起的人们在街道忙碌，操着很陌生的方言喊叫。建筑虽然不是很陌生，但与我熟悉的建筑还有差异。这种很陌生与差异使我想去更远更远的地方……

雨不是很大，我收拾好行李，辞别老板娘，直奔陵水。皮肤被晒黑了。旅途中最兴奋的事情就是看见界碑和路标。由于地形等因素，万宁与陵水之间的界碑所处的位置特别有趣。在万宁界，我努力爬坡，爬到坡的最高处，看见界碑，过了界碑就到了陵水界了，一路下坡。有司机汲山间清泉给拖拉机加水，真是方便、实惠！有一青年放牧二十多头黄牛，颇为壮观。驻足取得允许后方才拍照，拍完照跟他聊了几句，由于语言不是很通及我急着赶路，只能简单聊几句。聊天几乎成了问答采访，我问，青年答。青年比我大不了几岁，没有上学，一直放牧，黄牛全部是他的。我想，人各有自己的生活，又有什么高级与低级之分呢？但人有责任让自己的生活有意义。旅途中见到了许多有趣的事情。有人赶着成百的鸭子在国道上行走。鸭群阵容庞大，像接受检阅的军队方阵；还有的鸭子很悠闲，或站或卧在斑马线上，使再狂飙的汽车也要给它们减速让路，让主人唤也唤不回去，必须亲自来请；海南乡村没有被拴的狗有很多，但都不伤人。这些狗特别聪明。我曾停车观看一只小狗过马路。它跟我都在马路的右侧，但它要过左侧去。它看了看周围，以确保安全，发现没有车辆就迅速到了马路中间，望见马路的左侧有车辆过来，就没有与车辆抢道，而是沿着脚下的标线徘徊，等车辆一过就赶紧跑到路边。尽管这样，在海南的马路上，依然会发现出车祸死亡的中小型哺乳动物的尸体；一农舍墙壁上用涂料刷着3G网络的广告，墙壁前面站着一健壮而又安详的水牛。二者的速度形成强烈反差。只要细心观察，认真思考，就会发现海南的一些广告词也很有趣。"出卖槟榔苗""出卖鱼苗"……这样的文字广告在海南国道两边随处可见。在别的的地方，"出卖"一词恐怕不会被用在这样的情形当中了吧？我觉得特别好奇，便更注意观察这样的文字广告了，环岛一周，发现像这样的广告，只有一条用的不是"出卖"，而是"卖出"。但从时态的角度来考虑，"卖出"又有过去时的倾向。一般会写成"出售"。这些有海南特色的事物我见了很多。

　　我不打算去三亚市区了，因为来校之前，我跟表姐在三亚已经待过几天，是旅游，留下了美丽的回忆……在荔枝沟就已经能嗅到三亚浓郁的节日气息了。海南逐渐进入了旅游旺季。我在荔枝沟买饮料时出了错，真是委屈自己。我直接去冰箱里面拿饮料，本来想拿"健力宝"，但发现没有"健力宝"了，就随便拿了一件易拉罐包装的饮料，打开一尝，是啤酒。我不喝酒，啤酒也不喝。真没办法，又不想扔掉，便告诉自己啤酒是液体面包，慢慢饮用。边骑自行车边喝，此处修路，地面崎岖，骑着自行车特别颠簸，啤酒洒了一路，反正出了荔枝沟就喝完了。本来要在三亚市区寄些明信片给亲人、朋友、同学和老师，现在看来不行了。

快到羊栏时，真的是筋疲力尽了。沿着三亚凤凰国际机场附近的一条街道走。那街道又长又直，周围风景变化又不明显，使我更觉得困乏。我也没有兴趣看飞机了，尽管那或升或降的飞机看起来特别大、特别清晰。很想从自行车上下来躺在旁边的草丛中睡一大觉！

一到羊栏就赶紧找旅馆住下，在匆忙中找到的旅馆令我最不满意。一个晚上 40 元钱，还得交 10 元钱的押金。这是我旅行期间遇到的唯一收取押金的旅馆。我猜测这位五十多岁的老板是葛朗台转世。我住的房间整体给人的感觉是压抑。由于房间位于顶层，受雨水打击和冲刷严重，墙壁已经开始或发霉或剥蚀。安装有节能灯，很节能，灯光本身就很昏暗，再由于墙壁涂料反光不好，使得灯光甚至都不如烛光亮。电视机收不到台，幸好我不是电视迷。房间里有两把椅子，一把一直靠着墙壁"站"着，究其原因，原来是坏了一条腿；另一把的坐垫与椅身正搞分家，被我一不小心终于给分开了。说说空调，有空调，我不敢冤枉老板。老板在一侧墙壁靠近天花板的位置凿了一个洞，使我的房间与隔壁房间相通。空调就被放在这洞里，同时为两个房间提供服务……遥控器还被隔壁的人使用着。他可能也感觉到不舒服，说具体些，可能也感觉不到空调的冷气，便把遥控器按来按去，寻找冷气，结果弄得空调"吱吱"响，影响我休息。浴室是公共浴室，门的锁子坏了，你待在里面洗澡，别人听到水声就知道里面有人了……我必须赶紧睡着，否则会痛苦的，除了旅馆的条件恶劣外，我的皮肤还被晒得发疼。

八点多睡的，醒来是九点多，出去边逛街边找吃饭的地方，很难找到适合我的，最后去了一家福建沙县特色小吃饭馆吃饭，原因是感觉那小吃跟北方的食物有些相似。后来通过查找资料了解了很多关于沙县的事情。想给没费的手机交费，营业厅下班了，当然没交，回到旅馆发现老板的胖儿子在跟老板换班守前台。朋友发过来短信关注我的旅行。因为要给朋友回复短信，我试着借老板儿子的手机，被告知很不凑巧，他昨天刚刚把手机丢了。我真有些后悔自己向他借手机了。

次日清晨我离开时拿收费票据换押金。老板儿子眼睛盯着电脑屏幕玩开车游戏，直到自己的车撞了后才注意到我，接过收费票据，左看看、右看看，正看看、反看看，似乎在判断它的真假，最后依依不舍地给了我从一沓十块钱里面经过仔细挑选出来的最旧的一张。我看着他那圆鼓鼓的脸，心想，"啪啪"给他两个耳光多好……

住这样的旅馆真叫人难忘……我却忘了那旅馆的名字，否则告诉你，去羊栏不要住那家。

一口气骑到南山，看见一路全是卖供香的男女老少。他们见车辆过来就手举供香晃荡，又危险又不文明。到了黄流，考虑是否到莺歌海盐场看一看，最终没去，嫌远。旅行期间，走每一寸土地所消耗的时间和精力对我来说都很重要。在中学的地理课堂上就听闻过其大名，如雷贯耳。莺歌海盐场建于 1958 年，位于乐东黎族自治县的西南海滨，是海南最大的盐场，也是著名的渔业生产基地。由于尖峰岭群峰挡住了北面的云雨风暴，使盐场常年烈日当空，成为世界上最咸的海区，给生产优质海盐提供了得天独厚的条件。学生就这样，记不住老师要求他们记住的东西，却能将他们自己感兴趣的东西记住。

佛罗、白沙、领头、南港、板桥和感城……这些地方被我逐个经过。看看地图上表示公路的线段，被我走过的部分越来越长，有种强烈的成就感。

肚子又饿了，停下车子看了看地图，正处于从感城到新龙的途中，离新龙至少也有十几公里。我找到一个乡村商店准备购买饮食。饮料自然是健力宝，食品的选择真的很为难我。这家商店的货板上摆着包装袋子看起来灰蒙蒙而又脏兮兮的食品，让我联想到几年前在陕北农村见到的一家商店里面的食品，跟这里的食品几乎一模一样。店主是一个小伙子，给我推荐饼干。他所谓的饼干是含有大量劣质糖的球体面食，摸了一下，硬得跟石头无异，但最后还是被我买了。我看见货板上摆有像月饼一样的食品，装在红色的塑料袋子里面。店主说的确是月饼，便让我一定要买些，因为那天是中秋节。这些饮食很便宜，总共花了我不到十块钱。交易成功后，店主很兴奋地跟我闲聊了几句，提醒我小心被抢劫。离开商店，我在道旁树下狼吞虎咽地饮食。别以为在海南的道旁树下就着健力宝吃月饼是一件非常浪漫的事情。好端端的一个地方马上就会有苍蝇出现和你一起分享饮食。

我考虑过车祸等别的安全事故，但里面恰恰就没有抢劫。店主的提醒反倒让我不自信了。海南西线国道路况极差，车辆少得屈指可数，班车好像是为了照顾这路才走的，小汽车几乎没有。有一处，公路又直又长，两边又是大片的水稻田和荒草地。有穿着邋遢的三个少年骑着一辆破旧而又没有车牌的摩托车尾随我行驶，跟我的车速一致得让人怀疑。我很警惕他们。我加速，他们也加速。我减速，他们也减速……此时我手机响了，我停车接手机。他们走了……

接完手机往前走了几百米，发现三个青年和三辆自行车在荒草地上休息，看样子也是骑自行车环岛旅行的学生。我在路边给他们打过招呼后聊了几句，都是大声喊叫。他们来自五指山市的一所大学，正上大二，正如我所猜测的那样。他们从学校到三亚，再顺时针环岛旅行，现在要跟我同路。

都是学生，都是同路人，一下子就熟悉了。他们

我是奶爸

说买了海南的什么蔬菜，感觉沙子太多，不想吃，让我尝一下。我没尝，倒把自己刚才剩下的饼干和月饼拿出来请他们吃。他们也没吃。照了几张相后就起程。个子比我的高的那个来自江西，叫英雄，名字是真是假无所谓，只要能被使用就可以；个子跟我一样高的那个来自福建，叫万鑫；个子比我矮的那个来自四川，叫荣春。他们装备也不专业，大包小包一大堆，实在不方便。荣春还带着打气筒，这让我想不通。轮胎跑快气，一点儿气都存不住，那最好换轮胎。谁敢骑一辆跑快气的自行车环岛旅行？轮胎跑慢气，最好补一下，不想补也无所谓，只要轮胎能从这个居民区工作到那个居民区就可以了，在居民区就可以打气。其实，荣春的"永久"自行车既不跑快气，又不跑慢气，哪怕其是从黑市上弄来的一辆二手自行车。我想来想去，都觉得没有必要带打气筒。别人的许多做法我们都无法理解，那我们又何必强迫自己去理解别人的做法呢？不能理解就包容吧。

晚上，在东方市，有英雄的同学等待接待我们，也就是说，我们当天晚上必须赶到东方市。

我们飞速前进。路上有无数青年男女驾驶二轮摩托车朝东方市狂飙，场面壮观，如同赛车冲刺。估计是东方市有什么演出，他们都去看演出。远处居民区的鞭炮声此起彼伏。难道当地人有在中秋节放鞭炮的习俗？

若在平时，我早就找旅馆休息了，但今晚必须赶夜路。我认为这样很不安全，却又要随着他们来，心里觉得很不塌实。在我看来，骑自行车长途旅行的人必须是绝对遵守交通规则的人。"宁停三分，不抢一秒"是尊重，是必要，也是风度……不是傻得可爱的表现。国道路况的确不好，他们为了躲避一些小坑和选择光洁的路面走，甚至会把自行车骑到马路的左侧去，速度不言而喻。我实在替他们担心，便劝说他们。他们却说，没关系，汽车司机会看见他们。我不希望任何人出问题，哪怕多么想拿事实来给他们证明，不按游戏的规则来就会受到惩罚，因为只要一个人出了问题，我们团队的行程就会被耽搁。我们不遵守交通规则就是在破坏骑自行车环岛旅行者的形象。

谢天谢地，当晚九点多，我们终于安全抵达东方市了。途中发生的一件有惊无险的事。当时鱼贯而行，车速极高，万鑫领头。突然有水牛横穿马路，万鑫与牛身相撞，车距太近，我们逐个相撞，幸好无人受伤，但惊吓不小。水牛倒安步当车地走了……

　　英雄的同学是位女同学，漂亮，话语不多，做事果断。接待我们的除那同学外，还有几个青年男女。我们在一广场被邀请吃了清补凉，再去沙滩像当地人那样庆祝中秋节。清补凉是海南的一种特色小吃，用椰汁、冰块等做成，吃起来的确感觉冰凉。好吃还是不好吃，那就看你自己的口味了。我们去沙滩的时候，有人乘三轮摩托车，有人骑自行车。因不熟悉道路，必须跟着他们行驶的我被落在后面了，落了很长一段距离，原因是总共才过了两个路口，两个路口都遇到了红灯，他们闯红灯，我等红灯。其实是三轮摩托车司机先闯的红灯，英雄等人也不熟悉道路，怕落得距离太长，就跟着闯。当然，英雄等人也错了。等红灯期间，我发现许多车辆，尤其是三轮摩托车一直在闯红灯。夜晚，在车水马龙的城市街道，灯火辉煌，你一旦违章驾驶，十目所视，十手所指。有时，你因违章而被困在马路某个地方，眼睁睁地看着别的车辆鱼贯而行，行步如飞，你却寸步难移，生命更是行将就木。违章，何必呢？东方市的摩托车司机朋友们，我知道你们为全家的生活奔波得很辛苦。你们都很爱你们的家人，正因为你们都很爱他们，那你们就必须对他们负责，遵守交通规则就是对他们负责。此外，你们都还要维护自己城市的形象啊！你们不知道，某时，就可能会有来自远方的旅行者悄悄地出现在你们城市的某个角落。你们的行为会直接影响你们的城市留给他的印象，无须语言，行为足够。我应当尊重旅途中的每一个城市，当礼貌的客人。

沙滩人影晃动，人声鼎沸，热闹非凡。后来才知道，那些驾驶二轮摩托车的无数青年男女都是来这里庆祝中秋节的。我们在沙滩上画了一个圈儿，坐在圈里面，再在圈上插上供香，在圈内摆上月饼、水果等食品后聊天，很惬意。前面就是北部湾，再前面就是越南。北部湾等地名经常在中学的地理课堂上被提及。现在来到课本中描述的地方，我是多么地兴奋啊！长这么大，这是我首次远离家乡过中秋节……

之后下榻那位同学指定的酒店。途中住酒店完全在我们的意料之外。风尘仆仆的我们在华丽的酒店大厅被服务员用异样的目光看着，觉得很尴尬。那同学向服务员解释后，我们才觉得不很尴尬了。先洗澡，再洗衣服，等所有的人洗完都凌晨一点多了。

次日，天一亮我就醒来了，发现他们都还睡着，知道现在这是一个团队，一些事情，比如什么时间出发，再不能由我一个人决定了。虽然醒来了，但没有起床，而是躺在床上思考旅行。他们睡到十点才起床。我们等那同学来向她辞别。期间，英雄等人用酒店的免费电话轮番熬电话粥。我不习惯那么做，所以因他们的行为而觉得不舒服。再想想，酒店既然有此服务，那他们的行为也不为过。英雄打电话到前台咨询我们房间的价格。我们住的是双人标准间，一夜价格过百，不过几个人平摊就不是很贵了。他们做事的长处还是很值得我学习。

团队也有团队的不便之处，人多，人容易受到他人的影响。别人的事情就是你的事情，你的事情就是别人的事情。英雄等人说旅行太累了，应该想些办法放松，比如改变路线。沿国道从东方市到海口，基本上都是沿直线朝东北方向走。这是我的计划路线，也是他们的计划路线。他们跃跃欲试了，拿从东方市到海口的国道和西线高速东方市至海口段进行比较，开始打高速的主意了。我们手头没有数据，只能拿地图目测进行比较。我坚决要求走国道，因为像我们这样走高速就是违法，再说国道基本都是沿直线朝东北方向走，没有绕到临高等地去，本身就给我们缩短了行程。

我们吃完那位同学前夜送来的螃蟹粥就见那同学来了，十一点多辞别了她和她的城市。

我想离开他们单独旅行，跟他们待在一块儿，觉得负担很重。他们违章骑行。他们边骑自行车边吃甘蔗边吐甘蔗渣，把干干净净的路面就这样给污染了。他们行驶速度不稳，飞奔一段下来休息，再飞奔，再休息……休息时就喝矿泉水，喝完就顺手把空瓶子扔到路旁的树林里去了，速度之高使我想阻止也来不及，扔得距离之远使我想捡也不方便。还怕伤了他们的面子，我没有去捡，却有种罪恶感，很不是滋味儿。途中我是这样处理空瓶子的，此处买水，途中喝完，下一处买水时再将空瓶子留在下处买水处。我们是新世纪的大学生，应该竭力维护新世纪大学生的形象，再说，那些善举本身也有助于我们生活质量的提高，何乐而不为？后来知道他们是学化学的，我无法忍受学化学的他们这么做。单独旅行，我有更多的时间去观赏与思考。我想离开他们，又不能把这些理由直接说出口，便减缓车速，落在后面，想以自己拖他们后腿为由而让他们先走。我打手机将这个理由告诉他们，他们却说没关系，然后下车等我赶上他们。我想离开但不想不辞而别，免得留给别人我是一个做事忘恩负义和非常幼稚的人的形象。或许我说的团队的不便之处，在别人看来，就是团队的闪光之处。我告诉自己，旅行很重要，处理好自己跟团队成员之间的关系也很重要。我很矛盾……英雄遥遥领先，最后发来短信让我们好好配合，说他在儋州或者更远的地方等我们。英雄的短信坚定了我不再离开的信念。英雄这么相信我们，我们能让人家失望吗？

坚定了信念的我全身心地投入到旅行当中来。途中遇到坐在大树下织布的黎族老人，身着民族服装，依然保留有我们暂时还看不懂的文身。其布匹质密、美观和大方，我们想知道哪儿有卖的，但由于语言不是很通，未能获得我们想要的信息。黎族朋友有高超的纺织技术。元代女纺织家黄道婆不堪忍受家庭压迫，离家待在海南期间就跟黎族姊妹共同生活了几十年，学得高超的纺织技术。我飞速前进，超过了英雄，当天晚上赶到儋州一小镇，咨询摩托出租车司机住宿的地方。那司机几乎听不懂我在说什么，突然捕捉到"住宿"一词，便极力要带我去一个地方住宿。我即使吃了豹子胆也不敢去，就继续赶路，在离儋州市区不远的八一农场找到一家旅馆。有了在羊栏住旅馆的经历，我以后住旅馆就先看房子再决定是否住宿。这旅馆条件不错，每晚才 15元钱，暗自为老板叫惨。肩膀皮肤被晒得起水泡了，去旅馆对面的药店买药涂抹。之后医生跟我聊天，说的最重要的一句话就是要我多饮水，健康饮水。跟英雄等人联系后，才知道他们离我还有十几公里，不能跟我在一块儿住宿了。

儋州，苏轼被贬之地。1094 年，"新党"再次上台，苏轼再次被贬到广东惠州、海南儋州。

我这天想抵达海口。

出了儋州市区问一青年，发现被误导了，多走了几公里，再欲问路时发现周围没有行人，恰巧有卡车司机下车检查卡车轮胎，就过去问司机了。司机问我是不是在找去海口的 225 国道。我兴奋地回答是。他简明而又准确地告诉了我。关于问路，我发现了一个很有趣的现象。你问一些人，尤其是一些青年人，从某地到某地有多远。他们往往会告诉你，坐车需要多长时间或车费是几块钱，说不出来里程，哪怕是大概的，哪怕恰恰你要的就是里程。这或许是此地人指路的习惯，也或许是现代生活对人们影响的结果，我不知道。

途中见了一种车，我不知道叫什么名字，是用来载人的。车厢用钢筋焊接成了两层，两层都能装人，人可以在里面被装得水泄不通。我见了几辆车都是一样的，车厢里面最少能装四十人，驾驶室里面当然也有人，令人惊叹的是驾驶室上面也坐了不少人……我听见轰轰的声音从后面传来，扭头一看，是这种车飞奔而来，想给它照相，但等把照相机取出来时它已飞奔走了。

海南沿海地区是平原。尽管如此，但在出发之前，有好心的海南同学还是提醒过我，要我有走山路的准备。万宁与陵水那一块儿有山，再就是儋州那一块儿有山。山的确是山，但对从来自平均海拔有两千多米高的黄土高原的我来说，海南的山，最起码是海南沿海地区的山不是多么令人畏惧。比如，文昌市的最高点在铜鼓岭，海拔是388米。如果你稍微有些地理常识，就会知

234

道 388 米的山在黄土高原是什么概念了。然而，其实，海南沿海地区的山足以让我从自行车上下来推着爬山。人跟自然比较永远都是小巫见大巫，敬畏自然，与自然和谐相处，别尝试着去征服什么自然，那是自掘坟墓。

在山区，有少年骑着摩托车带着同伴跟我搭讪。并排行走聊了几句后被我支走了，因为路不好，又有车辆经过，不安全。后来，见他们从一农场商店出来，每人手里提着一袋几毛钱的饮料。别说饮料的档次，光他们买这些小东西就走了很长的路，很不方便。沿途我也没有发现哪儿再有商店。他们的家乡没有大都市的繁华与富裕，却有世外桃源的美丽与宁静。我的家乡没有世外桃源的美丽与宁静，却有大都市的繁华与富裕。人又何尝不是呢？上帝赋予了你飞翔的双翅，却收走了你行走的双腿，赋予了你行走的双腿，却收走了你飞翔的双翅。有翅就飞，有腿就走。在海南的国道上，你经常会发现有丢失的太阳帽和拖鞋。海南的气候为这两样东西提供了广阔的用武之地。在我的家乡，认为在路上碰到帽子是很不吉利的事情，认为那是"愁帽"。当然，这是迷信的说法。在旅行期间，我发现丢失在路上的帽子时还会想到它。在山区，一摩托车司机的草帽经风一吹掉了，而自己的车在帽子前面几十米之外的地方才停住。从帽子旁边经过的我把帽子捡起来还给他后觉得很快乐，没有什么不吉利的事情发生啊！山区依然很美丽！在澄迈，发现一通往澄迈火车站的路口，很僻静。有铁路，没旅客；有旅客，没铁路，不可思议！

从山区出来，在一小镇吃饭，把地图拿出来摆在桌子上阅读，吸引了几个孩子过来围观，他们大呼小叫地说看到地图了。我希望他们以后能出去走走……海南西线的消费偏低，饭很便宜，花5块钱就觉得吃得很好了。当然，不是在所有的地方吃饭都这么顺利。在澄迈，我进了一家餐馆，见四个妇女围着桌子打麻将。她们看见我了，但没有理睬。我问老板在吗。一个妇女问什么事情。我纳闷，一般进了餐馆还能有什么事情。或许是我问题表达不清，容易让人误解。我问有饭吃吗。那女的说没有。出来在街上找餐馆，见一餐馆便走过去，发现师傅在门口搭的简易棚子下面收拾一条很肥很大的鱼。他用奇怪的眼神看看我，再叫我去别的地方吃饭。我去了别的餐馆，也遭到了同样的对待。我就奇怪了。没饭？不可能啊！餐馆里面就有人在吃饭。或许这种餐馆很高级，老板认为我消费不起？有道理。我因此还思考了一番。在北方，你可以认为搭简易棚子是蜗居的象征，是贫穷的象征，但是在南方，尤其是在海南等热带地区，最好别这么认为，那是为了适应气候的需要。人可以坐高级轿车也可以躺破旧吊床。当然，除此之外还受消费观等的影响。再想想，不对啊！即使我真的消费不起，他们也不能这样对待我啊！街道一位摆地摊的老人一直关注着我，把我叫过去，告诉我去街道后面的市场吃粉。海南的小镇很安静，出现一个外地人很容易被辨认出来。

吃完粉，辞别老人，骑上自行车的我还在考虑这个问题。我从车子上下来，拿出镜子一照自己，面部开始脱皮了，不能被帽檐遮住的嘴唇附近更为严重，而且满面灰尘，简直就是一个卖炭翁。就我这模样，怪不得人家拒绝我，不恶心死吃饭的顾客才怪。人家估计怕伤我自尊，就没有直接拒绝，而是叫我去别的地方吃饭。市场上的小饭店就不同了，能赚一块钱就一块钱，再说里面几乎没有顾客。

你可能迷惑了。我面部开始脱皮你可以理解，这与海南的气候和我的保护措施有关。就海南那自然环境，我怎么会满面灰尘呢？海南矿产资源已发现有铁、钛、石油、天然气、褐煤、油页岩、锰、铜等五十多种。尤其以铁矿石储量最多，品位之高为全国之首。石油、天然气储量也很丰富。海南西线欠发展，公路当然也包括在内，海南又在修铁路、公路，资源要被卡车运到别的地方去。我在这样的公路上与这样的卡车同行，被污染很正常。

我找到一潭水，取出梳洗用具将自己整理了一番，清新而又自信。

我当晚到了白莲，看来不能到海口了，就打算住在白莲，可是没有在白莲找到旅馆。街道有位老人建议我去老城，说老城有旅馆。我说太远了。老人说不远，一会儿就到。就这样，在老人的鼓励下我走夜路朝老城赶去。萤火虫直接朝我袭来，又恐怖又有趣。风吹来，凉飕飕的。老城也是小镇，但跟绝大多数小镇比起来，就很发达了，靠近海口不能不是一个原因，近水楼台先得月。在老城吃到了兰州拉面，是一家今年国庆才开张的餐馆，老板是女的，兰州人。我在老城找到了一夜15元钱的旅馆，吊扇就挂在我床正上方的天花板上，挂得很低很低。我旅行时掉进了峡谷，直升机援救我来了……是一场梦，醒来时见吊扇在头顶"哗哗"转，像直升机那样的螺旋桨。

我与海口擦肩而过，没进市区，直奔文昌。留一个美丽的城市，以后慢慢欣赏……

海南的确很适合骑自行车旅行，本来打算在海口给海南政府写信，建议举办环岛自行车比赛，后来知道海南已经有此活动了。那我就不用写了。

看到文昌的路标，我激动得想哭……

天空大海、海鸥船舶、椰林沙滩……这是我最初印象中的海南；海南省的主体海岛是我国第二大岛，四周低平，中南部隆起，由山地、丘陵、台地和平原组成……这是地理老师教给我的海南印象……对海南，我有很多个印象，但我不敢说自己对海南很有了解，哪怕现在跟海南的同学谈论海南时，我在某方面比他们了解得更多……

我是奶爸

　　我不是很了解海南，但我现在生活在海南，会尝试着更多地去了解她。

　　海南，祝你的明天更好……